우리의 베스트셀러

우리의 베스트셀러

엘자 드베르누아 지음

김주경 옮김

바람의아이들

1.

    유월 말. 알리시아가 자전거를 타고 클레망스의 집으로 간다. 매주 수요일 오후마다 그렇듯, 지금쯤 자기를 기다리고 있을 절친을 만나러 가는 중이다. 클레망스의 부모님은 작은 정자가 딸린 정원과 조용하고 아름다운 대주택을 소유하고 있다. 집이 꽤 커서, 두 소녀는 누구의 방해도 받지 않고 오붓하게 둘만의 시간을 보낼 수 있다. 고양이 한 마리만 빼고. 녀석은 옆눈으로 흘깃흘깃 이들을 관찰하길 좋아한다.

    두 소녀는 테라스에 자리를 잡는다. 날씨는 딱 좋고, 공기도 부드러운 데다가 가벼운 바람마저 살랑살랑 불어온다. 이런 날씨에 평소처럼 거실에 갇혀 있다면 얼마나 억울할까……. 알리시아는 아버지가 일터에서 돌아오길 기다리며 집에 혼자 있는 것보다 이렇게 클레망스와 함께 있을 때 정말 기분이 좋다. 테이블 위엔 과일 주스 한 병과 유리잔 두 개, 그리고 이미 개봉한 케이크 상자가 놓여 있고, 두 친구는 각자의 태블릿을 앞에 놓은 채 얼굴을 마주하고 있다.

금발의 소녀와 붉은 머리의 소녀. 사람들은 두 아이를 '항상 붙어 다니는 단짝'이라고 불렀다. 그들과 가까이 지내지 않은 사람들은 둘을 볼 때마다 매번 누가 누군지 헷갈린다. 그러나 사실 외모로 보자면 둘은 그렇게 다를 수가 없다. 클레망스는 어깨까지 내려오는 붉은 머리에 몸매가 호리호리하고, 끝이 위로 약간 들린 코를 가졌다. 반면 알리시아는 키가 작고 통통하며, 사람들이 보지 못하게 긴 앞머리로 암청색 눈동자를 살짝 가리고 다닌다.

"난 사과 주스 다 마셨어, 이제 시작해 볼까?"

알리시아가 동의를 구하는 눈길로 물어본다.

"대위, 전투 준비를 하게! 단어들이 제자리를 잘 지키도록 정렬시키게, 안 그러면 내가 그놈들을 단칼에 찔러 버릴 테니."

"어? 너무 오버하는 거 아냐? 우린 그냥 글을 좀 쓰는 것뿐인데!"

"하하, 분위기 좀 맞춰 봤지! 걱정 마, 난 제정신이니까."

초등학생 때 두 아이를 서로 가까워지게 만든 건, 책 읽는 즐거움이었고, 조금 자라서는 좋은 책, 재미있는 이야기를 발견하는 행복이었다. 그들을 꿈꾸게 만들고, 또 서로의 느낌이나 의견을 나누게 만드는 그런 책들……. "이것 좀 읽어 봐, 정말 기가 막힌 이야기야!", "네 생각은 어때?", "너 같으면 어떤 결말을 내렸을 것 같아?" 너무 수줍음이 많아서 다른 아이들에게 다가가기 어려웠던 걸까, 두 아이 모두 책 읽는 재미 뒤로 숨어 버렸다. 그리고 다음엔 글쓰기 뒤로 숨었다. 그러다 보니 언젠가는 작가가 되겠다는 강한 열망까지 갖게 되었다. 누가 알겠는가, 행운의 여신이 미소를 지어 준다면, 유명 작가가 되지 말란 법도 없으니까! 어쨌든 그 비밀스러운 꿈은 매일 두 아이의 사기를 북돋워 주었다. 비록 자기들에게 중요한 건 세기의 걸작을 써내는 게 아니라, 이렇게 둘이 은밀한 순간들을 함께 보내는 거라고 말은 하지만. 때론 웃음도 나누고, 또 항상 서로의 감정을 나누면서 그렇게.

학교에 가지 않는 수요일이면, 이들이 가장 좋아하는 놀이는 공들여서 짧막한 시나리오를 짜 보는 거다. 단짝 친구를 깜짝 놀라게 하거나 감동을 주려면, 내면의 깊은 곳을 탐색하고, 평상시 이상의 능력을 발휘해야 한다. 그리고 이왕이면 자기 자신도 깜짝 놀랄 만해야 한다. 둘은 매번 서로의 반응에 신경 쓰면서, 각자 만든 시나리오의 줄거리를 간략하게 이야기하곤 한다.

그러다 깊이 생각하고 서로 동의하여 마음에 드는 소재를 찾으면, 단편을 쓴다. 두 아이는 이것으로 충분히 행복했다.

*

어제 저녁, 클레망스는 이야기 하나를 만들기 시작했다. 친구 없이도 혼자 글을 쓰고 싶은 생각이 드는 건 아주 드문 일이다. 그런데 어제 침대에 누워 있을 때, 몇 가지 아이디어가 떠올랐다. 클레망스는 메모지를 손에 들고 머릿속에 떠오른 문장들을 써 내려갔다.

그리고 오늘 알리시아에게 말한다.

"내가 쓴 대화 한 대목을 읽어 줄게. 어떻게 생각하는지 말해 줘야 해."

"오케이. 들어 볼게."

약간 겁이 난 클레망스는 벌써 자신감을 잃은 듯하다.

"있잖아, 그냥 한번 써 본 거야."

알리시아가 격려한다.

"알아. 읽어 봐, 얼른. 겁내지 말고! 내가 널 심사하는 것도 아닌데, 뭘 그래. 그저 솔직하게 내 생각을 이야기할게. 설령 내 마음에 안 든다고 해도, 무슨 상관이야……. 하지만 분명히 내 마음에

들 거야, 장담해."

"좋아, 그럼 읽어 볼게."

클레망스는 자신이 없다. 자기가 쓴 글을 읽기 전에 항상 친구의 격려가 먼저 필요하다. 만일 알리시아가 '넌 더 잘할 수 있어'라고 상처 받을 말을 한다면, 그 글을 무조건 쓰레기통에 던져 버릴 참이다. 클레망스에겐 알리시아만큼 옳게 평가해 줄 사람이 없다. 대개 알리시아는 클레망스가 만든 이야기를 아주 좋아해 준다.

알리시아는 클레망스가 굉장한 재능을 갖고 있다고 생각하고, 인생의 단면들을 단 몇 줄만으로 근사하게 표현해 내는 재주가 부럽기까지 하다. 클레망스는 그런 걸 너무 쉽게 해내는 것 같다.

클레망스는 굉장한 영감을 지닌 데다, 그걸 거침없이 표현할 줄 안다.

"이건 학교 버스 기사의 일상에 관한 거야."

알리시아는 듣기도 전에 벌써 즐거워진다. 그리고 분명히 재미있을 거라고 확신한다.

클레망스가 어조를 바꾸어서 낮은 목소리로 자기가 쓴 글을 읽는다.

"운전기사 : 절대로 차 앞으로 건너면 안 돼. 학교에서 그런 것도 안 배우니?

소년(아홉 살로 정했음) : 아뇨, 학교에선 수학과 프랑스어 같은 걸 배우는데요.

운전기사 : 차에 치이기라도 하면, 그딴 게 다 무슨 소용 있어? 사람들은 차가 멈추면, 차에서 내리는 것만 생각하곤, 겁도 없이 그냥 차 앞으로 지나간다니까.

자, 어때? 어떻게 생각해?"

"첫 부분은 정말 좋았어, 생생한 대화였어."

알리시아가 평을 한다.

"하지만 끝이 좀 교훈적이야."

"좋아, 그럼 다른 거로 할게. 먼저 설명부터 들어 봐. 이것도 학교 앞 버스 정류장에서 나오는 대화야. 아, 하지만 소년은 다른 애야. 얘도 똑같이 아홉 살이나 열 살로 정했어. 이름은 없어. 굳이 필요하지 않으니까. 아이는 수업 시간에 상자를 이용해서 집을 만들었는데, 내부에 건전지와 전구까지 장착한 집이야. 그런데 지붕이 내려앉아서 그걸 다시 올려놓고 싶어 해. 그래서 꾸물대느라 차에 빨리 올라타지 못했어.

운전기사 : 얘야! 얼른 차에 타라!

소년은 조심조심 아주아주 천천히 차에 올라탄다. 전구 달린 집에 온 정신을 쏟고 있기 때문이다. 소년은 운전 기사에게 그 집을 어떻게 만들

없는지 설명한다.

운전기사 : 재주가 좋구나! 층계 세 개를 만들려면 이틀은 걸리겠는걸. 정말 잘 만들었어!"

클레망스는 읽기를 잠깐 멈추고 친구에게 물어본다.

"누가 이거 읽을 때, 지금의 나랑 같은 어조로 읽을까?"

"응, 그럴 거 같아. 이 운전기사는 안정되긴 해도 좀 빈정거리는 목소리를 갖고 있을 거라고 상상이 돼. 그게 잘 표현됐어. 자, 그 다음은?"

"그다음은 없어. 지금으로선 여기까지야."

"어?"

클레망스는 알리시아를 약간 실망시켰다고 생각했는지, 살짝 찡 그리며 말한다.

"베스트셀러 작가가 되기엔 난 아직 먼 거지, 뭐!"

클레망스의 눈이 갑자기 어두워지더니 의자에서 몸을 움츠리며 고개를 푹 숙인다. 곱슬곱슬한 붉은색 긴 머리카락이 얼굴을 덮는 다. 슬픔을 가리기 위한 커튼처럼. 약간 들린 코만 살짝 나와 있다.

알리시아가 일어나서, 테이블을 돌아 클레망스에게 다가가 어깨 에 두 손을 얹는다.

"너, 우울하구나!"

"응. 너도 없고, 글쓰기 즐거움도 없는 두 달은 얼마나 길까!"

여름 바캉스가 늘 기다려지는 건 아니다. 특히 단짝 친구들이 헤어져야 할 때는…….

"7, 8월을 떨어져 지낸다고 해서 글쓰기를 못 할 이유는 없어. 각자 공들여 다듬은 멋진 작품을 갖고 9월에 만나자. 어때?"

클레망스가 미소를 되찾는다.

"맞아! 두고 봐, 널 깜짝 놀라게 해 줄 테니까. 이제 엔딩 없는 이야기를 쓰는 건 그만할래……. 들어 봐! 실은 내가 벌써 생각해 둔 아이디어가 하나 있어. 다섯 남자 이야기야. 그 남자들은 은행에 들어가기 전에 이렇게 말해. '우리 모두 복면을 쓰자'. 하지만 그들이 은행에 들어갔을 땐 복면 쓴 남자들이 모두 여섯 명인 거야. 그래서……."

"앗, 안 돼! 그다음 이야기는 하지 마."

알리시아가 말을 끊는다.

"미리 알면 안 돼, 그다음 이야기는 내가 직접 읽을 거야. 그래야 깜짝 놀라게 되지. 와, 시작부터 정말 근사하다. 그다음이 어떻게 될지 여름 내내 궁금할 거야!"

그리고 한쪽 눈을 찡긋하며 덧붙인다.

"아, 9월이 빨리 왔으면! 내가 너무 놀라서 입이 다물어지지 않게 만들어 줄 거지? 그럴 거라 믿어!"

2.

9월 내내 클레망스는 깜짝 놀랄 만한 이야기를 하나도 만들어 내지 못했다. 고작 3페이지를 쓴 게 전부다. 처음엔 훌륭한 대화로 멋진 출발을 했다. 하지만 7월 7일 이후로는 한 페이지도 더 나가지 못했다. 클레망스의 글 속에서 강도 여섯 명은 모두 여름 두 달 동안 복면을 쓴 채 계속 은행 안에 갇혀 있어야 했다. 지금까지도, 물론 당분간일 테지만.

늘 의욕을 불러일으켜 주던 알리시아가 옆에 없는 동안, 베스트셀러를 쓰려던 클레망스의 열망은 눈부신 태양 아래의 일광욕과 틱톡에서 배우는 댄스 안무의 즐거움, 떠들썩한 사촌들과의 핑퐁 게임으로 재빠르게 대체되어 버렸다.

그러니 9월 초 개학 때, 자기가 쓴 탐정소설로 알리시아를 깜짝 놀라게 해 줄 사람은 클레망스가 아니라, 그 반대가 될 터였다.

　말하자면 알리시아가 7월부터 굉장한 이야기를 쓰기 시작한 것이다. 아주 환상적인 이야기를. 이야기 자체가 판타지이기도 하지만, 너무 멋지다는 의미에서도 환상적이다. 제일 친한 친구에게 당장이라도 달려가서 이야기해 주고 싶어 죽을 것 같지만, 그렇게 할 수 없어서 애가 탈 정도의 그런 이야기. 하지만 그렇게 서두르다가는 대충 쓰게 될지도 모른다. 글을 대충 쓴다는 건 작가에겐 절대로 있을 수 없는 일이다! 작가라면 최소한 30분은 방해받지 않고 책상에 앉아 있을 수 있어야 한다. 알리시아는 그런 조용한 분위기에서만 모든 이야기의 베일을 벗겨 나갈 수 있을 것이다.

　어느덧 8월 31일, 하지만 클레망스는 여전히 늦장을 부린다! 마지막 순간까지 멋진 날씨를 즐기겠다고 결심한 부모님 때문에 바르에 있는 별장에서 편히 쉬는 중이다.

　알리시아는 초조해서 죽을 것 같지만, 꾹 참고 제일 좋은 순간을 기다리고 있다. 여름 동안 자신을 사로잡았던 그 모험에 관해서 클레망스에겐 아직 한 마디도 언급하지 않은 상태다. 와썹 통화를 하긴 했지만, 주로 일상생활 이야기를 나누었고, 문학과 동떨어진 그저 재미있고 가벼운 이야기로만 그쳤다. 알리시아는 클레망스가 바캉스에서 돌아오는 오늘까지 기다리는 쪽을 택하기로 했다. 그것은 고문 같았지만, 그만큼 들뜨고 설레는 시간을 가질 수 있었다. 알리시아는 이 특별한 사건을 영원한 친구와 얼른 함께 나누고 싶어서 안달이 날 지경이다.

드디어 9월. 개학하기 하루 전날, 알리시아는 자전거를 타고 서둘러 클레망스의 집으로 간다. 제일 먼저 마중 나온 건 클레망스의 입에서 나온 질문이다.

"자, 내게 해 줄 기가 막힌 이야기란 게 대체 어떤 거야? 15분 전에 보낸 문자에서 엄청난 이야기라고 했잖아."

알리시아는 더없이 기쁜 표정에 미소가 귀에까지 걸려 있다. 클레망스는 알리시아의 이야기가 단순한 놀라움 이상일 거라는 걸 알았다.

"그냥 엄청난 게 아니야. 최고로 엄청난 거지!"

알리시아가 예고한다.

그동안 줄곧 마음이 급했던 알리시아는 이제 드디어 말할 수 있게 되었다. 얼마나 오랫동안 참아 왔던 말이던가! 알리시아가 속사포처럼 말을 쏟아 낸다.

"어떻게 이렇게 오랫동안 입을 다물 수 있었는지 나도 모르겠어. 이건 완전 핵폭발이야, 내가 겪은 일 말이야."

클레망스는 벌써부터 궁금해서 죽을 지경이고, 이런 궁금증은 친구를 더 기쁘게 해 주었다.

아닌 게 아니라 알리시아의 이야기는 정말 믿을 수 없을 정도로 놀라운 이야기였다. 너무나 놀랍고, 너무나 경이로운 이야기.

있을 수 없는, 굉장히 희귀한 이야기다.

3.

알리시아의 아버지는 한마디로 광적인 만물박사다. 그는 택시 기사인데, 본인이 항상 말하듯, 택시를 모는 일은 순전히 '먹고 살기 위한 부업'일 뿐이다. 택시를 몰지 않을 때는 언제나 지하실에 꾸며 놓은 작업실에 틀어박혀서 지낸다. 그리고 그 아지트 안에서 별의별 걸 다 만들어 낸다.

"넌 우리 아빠가 만든 게 어디에 쓰이는 건지 짐작조차 못 할 거야!"

알리시아가 외친다. 클레망스가 알 리 없다.

"자, 그게 뭐일지 알아맞혀 봐!"

"네 아빠의 작업실과 관계 있는 거야?"

"뭐, 약간."

"그럼…… 저절로 교체되는 자동차 바퀴?"

"아니."

"그럼 저절로 가는 자동차?"

"그것도 아냐."

"혹시…… 굴러가는 거야?"

"아니, 하지만…… 음, 그건 여행하는 거야."

"여행이라고? ……모르겠는걸. 혹시…… 가방?"

"실내에 넣어 둘 수 있어."

"가방과 관련된 거야?"

"천만에. 우리 아빠가 발명한 거야."

클레망스는 전혀 짐작할 수가 없다.

"혹시, 네가 그 안에 들어가서 여행하는 거야?"

"와우, 굉장해! 거의 근접했어!"

"엥? 더 모르겠네."

사실 인내심은 클레망스의 강점이 아니다. 아마 긴 이야기를 쓰는 것보다 대화 글 쓰기를 더 편하게 느끼는 것도 그런 이유에서일 것이다.

"자, 어서 정답이 뭔지 말해 봐. 네 스무고개 놀이에 더는 장단 맞출 수 없어!"

알리시아의 즐거움이 더 커진다. 알리시아는 자기 입에서 나온 답이 친구를 그 자리에서 얼어붙게 할 거라는 걸 알고 있다.

"타임머신!"

그 말 뒤에 따라오는 무거운 침묵……. 클레망스는 너무 놀라서 입을 열 수 없다. 그저 친구를 바라본다. 하지만 알리시아는 눈썹 하나 깜박하지 않는다. 시간 여행을 하는 기계라고? 이게 무슨 말도 안 되는 소리야? 대체 누가 그런 말을 믿는단 말이야?

클레망스가 갑자기 맑은 웃음을 터뜨린다.

"하하하! 너, 지금 장난하는 거지?"

하지만 알리시아는 아무 대답이 없고, 암청색 눈에서 반짝이던 장난기가 사라진다. 알리시아는 웃지 않는다. 오히려 전에 없던 진지함마저 보인다. 클레망스는 살짝 의심이 들기 시작한다. 어라? 만일 친구의 말이 농담이 아니라면? 정말로 알리시아의 아버지가 시간을 거슬러 가는 기계를 만들었다면? 클레망스는 알리시아의 아버지가 뭐든 뚝딱 만들 수 있다는 걸 알고 있다. 그렇다면 그렇게 엉뚱한 기계를 만들지 못하리라는 법도 없지 않을까?

클레망스가 강조하며 말한다.

"설마 그걸 나더러 작동시켜 보라는 건 아니겠지? 절대 안 돼!"

"아니."

알리시아가 여전히 조용한 어조로 대답한다.

클레망스는 고민이 생길 때마다 늘 하듯이, 곱슬거리는 붉은 머리카락 몇 올을 손으로 돌돌 말면서 말한다.

"하지만 타임머신 같은 건 존재하지 않는다는 거 너도 알잖아. 그건 소설이나 영화 안에서만 볼 수 있는 거라고."

"나도 그렇게 생각했어. 내 두 눈으로 직접 보기 전까지는 말이야. 하지만 믿고 싶지 않으면, 안 믿어도 돼! 그래도 내가 그 기계를 시도해 봤다는 말은 해야겠어."

"뭐? 시험해 봤다고? 우와, 너 대단하다! 그래서 무슨 일이 있었어? 어디로 갔는데?"

4.

알리시아가 믿을 수 없는 모험을 이야기하는 내내 클레망스는 너무 놀라서 입을 벌린 채 듣고 있다. 한 마디 한 마디가 전혀 생각지도 못했던 말, 점점 더 터무니없는 말로 이어진다.

"먼저 내가 가고 싶은 날짜를 자판에 정확하게 눌렀어. 2년 후로. 기계가 제대로 작동되지 않거나, 최악의 경우 내가 잘 모르는 시대로 가서 꼼짝 못 하는 일이 생기면 안 되잖아. 2년만 앞선 곳으로 가 본 거지. 그랬더니 내가 우리 집에 있는 거야, 아빠 작업실. 2년 전에 내가 떠났던 그곳에 말이야. 그런데 변한 게 아무것도 없었어. 아빠가 청소해 놨다는 것만 빼고는. 하지만 그런 일은 가끔 있어. 때때로 먼지 속에 뭐가 감춰져 있는지 보고 싶어서 아빠가 구석구석 빼놓지 않고 청소할 때가 있거든…….”

“그래서? 그래서 어떻게 되었는데? 빨리 이야기해 봐!”

클레망스가 재촉한다.

“처음엔 어떤 변화도 눈치채지 못했어. 우리 집에서 뭐가 바뀐 건지 알아차릴 수가 없더라. 그런데 문득 어쩌면 내 학년이 바뀌었을지도 모르겠다는 생각이 들었어. 그래서 내 방으로 가서 교과서들을 찾아봤더니, 고등학생 책밖에 없는 거야. 정말 2년 후로 넘어온 거라면, 그게 당연했지! 그래서 책 한 권을 뒤적거리며 이런저런 생각을 하다가, 갑자기 서점에 가 보고 싶은 생각이 들었어. 거기엔 어떤 책들이 있을까? 그래서 가 봤는데, 진열장에 어떤 소설이 산더미처럼 쌓여 있는 거야. 붉은 띠로 둘러놓은 책이었는데, 거기에 까만 글씨로 크게 이렇게 씌어 있었어. ‘이 놀라운 현상을 지나치지 마세요! 이 기적적인 십대 소녀의 이야기를 빨리 읽어 보세요!’

그래서 당장 서점 안으로 들어갔지. 그리고 직원에게 이게 무슨 책이냐고 물어봤어. 그랬더니 그 여자가 마치 외계인이라도 보는 것처럼 나를 훑어보잖아. 사실 그 여자는 나를 잘 아는 사람이야. 내가 책을 굉장히 좋아하고, 신간에 대해 줄줄 꿰고 있는 아이라는 걸 알고 있었거든. 그러니까 그 여자로선 이제 막 등장한 엄청난 소설에 대해 내가 한 번도 들어 보지 못했다는 걸 믿을 수 없었던 거야! 그러니 자기를 놀리고 있다고 생각했겠지. 난 좀 부끄러웠지만, 그렇다고 내가 시간을 2년이나 뛰어넘어 왔다고 말할 순 없잖아. 그래서 그냥 그 책을 사서 돌아왔어."

"어떤 책이었는데?"

"그 책의 작가는 미르티유라는 이름을 가진 십대 소녀였어. 굉장히 두꺼운 책인데, 제목이 '지옥의 사람들'이야. 십대든 청년이든 모두가 그 책을 서로 사 가려고 난리래. 게다가 젊은이들만 읽는 게 아니라, 부모들까지도 읽는다는 거야. 책이 얼마나 많이 팔렸던지, 기록적으로 짧은 시간 안에 수천 권이 팔렸대."

"말도 안 돼!"

클레망스가 탄성을 질렀다.

"그해에 가장 많이 팔린 책이었어."

"그래서 너, 그 책 읽어 봤어?"

"읽어 봤냐니! 그걸 말이라고! 당연히 하룻밤에 다 읽어 버렸지."

"정말 그렇게 재미있었어?"

"재미있었냐고? 말로 하는 건 소용 없어. 백문이 불여일견이지. 정말 최고의 책이야. 문학계의 UFO라고 할까!"

"어떤 내용인데?"

"대충 이야기하면 이래. 신비한 거울에 관한 이야기인데, 이 거울은 외면을 비추지 않고 그 사람의 본질, 그러니까 진짜 모습을 보여 주는 거울이야. 사람의 기분 상태를 보여 주는 거지. 아니, 그보다는 내면의 진실을 직면하게 해 준다고 해야겠지. 말하자면 네가 보고 싶은 모습을 보여 주는 게 아니라, 실제의 네 모습이 어떤지를 보여 준단 말이야. 예를 들면, 넌 네가 꽤 좋은 사람이라고 생각해, 하지만 거울에 비친 네 모습은 어두워. 그런데 그 모습을 보고 나면 넌 두 가지 선택 앞에 서게 돼. 그 모습에 신경 쓰지 않은 채 계속 어두운 사람으로 남아 있든지, 아니면 현재의 네 모습을 받아들여서 더 나은 사람이 되려고 애쓰든지. 그런데 거울을 통해서 자기가 믿었던 것보다 훨씬 더 아름답고 멋진 자기 모습을 보는 사람들도 있어. 그 책엔 아주 다양한 선택을 하는 수많은 인물이 등장하는데, 정말 재미있어. 예상치 못한 반전의 반전이 거듭되거든."

"와, 진짜 재미있을 것 같다. 내게 빌려줄 수 있어?"

알리시아가 기쁜 표정을 짓는다.

"잠깐, 아직 내 이야기 다 안 끝났어! 그런데 말이야, 내게 더 좋은 생각이 있어. 내가 어떤 기막힌 생각을 했는지 아니? 내가 다시 이 시간대로 돌아왔을 때는 아빠의 타임머신을 타고 미래에 가서 겨우 2시간만 보내고 왔을 때잖아. 그래서 생각해 봤지. 미르티유라고 하는 애가 누군지는 모르지만, 그때 아직 어린 소녀였다면, 출판되기 2년 전 7월에는 아직 그 소설을 완성하지 못했을 게 분명하다는 생각이 들었어. 심지어 시작도 안 했을지 모르지. 어쩌면 아이디어조차 없을 수도 있어. 어쨌든 그 애가 출판사랑 연결되지 않았다는 것만은 분명하잖아. 그래서 내가 그 책을 모두 스캔했어. 그러느라 시간이 얼마나 걸렸는지 몰라. 그런 다음 그 원고를 내가 출판사 편집장에게 보내기로 마음먹었어. 마치 내가 그 글을 쓴 저자처럼 말이야. 그 애가 미르티유라는 가명을 썼는데, 어차피 그게 그 아이의 진짜 이름도 아니잖아! 그래서 내 이름을 미르티유라고 정했어. 2년 후에 그 책이 출판되었을 때, 책 표지에 똑같은 이름이 쓰여 있게 하려고 말이야. 내 말 알겠니?"

"응."

"그리고 원고를 집어넣은 봉투 위에 내 주소를 썼지."

클레망스는 갑작스러운 전개에 어안이 벙벙해졌다.

"너…… 너 미쳤니? 설마 진짜 그렇게 한 건 아니지?"

"그렇게 했어, 거의. 주소는 써 두었지만, 아직 보내진 않았거든. 보내기 전에 우선 네가 읽어 보고 나서 함께 토론을 해 봤으면 해서 말이야. 그리고 내가 미르티유인 척하면서 이 원고를 출판사에 보내는 것에 대해 네가 어떻게 생각하는지도 듣고 싶어."

클레망스는 잠시 말문이 막힌다. 무슨 생각을 어떻게 해야 할지 몰랐다. 알리시아에게 감탄하는 마음이 반, 그 애가 겁도 없이 '너무 지나치다'는 생각이 반이었다. 이래도 되는 건가? 물론 클레망스는 둘에게 너무나 소중한 꿈, 말하자면 유명 작가가 되어, 그들의 삶을 바꿔 줄 베스트셀러를 출판하겠다는 꿈을 잊지 않고 있었다. 하지만 이건 너무 심하잖아! 알리시아의 말대로라면, 알리시아 앞엔 벌써 베스트셀러라는 요리가 차려져 있는 셈이다! 그 아이가 한 건 아무것도 없는데! 심지어 한 줄의 글도 쓸 필요가 없지 않은가! 이건 옳지 않다, 순전히 요행일 뿐이지. 오로지 아버지가 천재적인 발명가인 덕분에!

클레망스는 한동안 꼼짝도 할 수 없다. 너무 어이없는 이야기에 머리를 한 대 맞은 듯한 기분이다.

알리시아가 얼이 빠져 있는 클레망스를 어깨를 흔들어 깨운다.

"야, 클레망스! 클레망스! 내 말 들려?"

알리시아가 언제부터 흔들고 있었던 걸까?

"내가 USB를 줄게. '지옥'이라는 파일에 들어가면 내가 복사한 원고가 있을 거야. 한번 읽어 봐. 그리고 다 읽고 나서, 네 의견을 말해 줘, 오케이?"

알리시아는 한쪽 눈을 찡긋하며 덧붙인다.

"이 USB, 절대로 잃어버리면 안 돼, 이게 유일한 원고거든. 지금으로서는 그래. 수천 부가 팔리는 책이 되기 전까진 말이야!"

5.

  다음 날 아침, 학교에 도착한 알리시아는 왠지 불안한 느낌이
든다. 그래서 고개를 숙인 채, 이마를 덮은 긴 금발 뒤로 얼굴을
숨긴다. 새 학년엔 무엇이 기다리고 있을까? 어떤 선생님들을 만
나게 될까? 시간표는 감당할 수 있을까? 무엇보다도 클레망스와
같은 반이 될 수 있을까? 두 사람은 초등학교 1학년 때부터 지금
까지 한 번도 헤어져 본 적이 없었다……. 오, 너무 바보 같아. 왜
이렇게 불안한 거지? 어차피 이번 중학교 3학년 한 해는 어떤 일
이 있어도 탐험할 가치가 있는 귀한 시간으로 여기겠노라고 마음
먹었는데! 알리시아는 이번 해가 미래의 글쓰기를 위해 풍부한 영
감을 가져다줄 거라고 믿었고, 또 그렇게 되길 바라고 있다.

개학으로 인한 불안감을 좀 접어 두기 위해서, 금발의 소녀는 어떻게든 단짝 친구 클레망스를 빨리 찾아보려는 생각에만 집중하기로 한다. 보나 마나 클레망스는 어제 밤새도록 원고를 읽었을 테고, 알리시아는 친구가 책에 대해 어떤 생각을 갖고 있는지 알고 싶어서 초조하다.

그런데 유감스럽게도 알리시아의 얼굴에서 재빨리 미소가 지워진다……. 클레망스와 같은 반이 되지 않았다는 걸 알아 버린 순간이다. 대체 이게 무슨 일이람? 클레망스의 이름이 3학년 3반 명단에 들어 있지 않다니! 알리시아는 잠시 기절할 뻔했다. 남은 학창 시절이 뒤죽박죽될 판이다. 이건 결코 작은 일이 아니다!

게다가 여전히 눈에 띄지 않고 있는 클레망스! 각기 새 학급을 찾아가느라, 이것저것 서로 물어보느라, 정신 없이 오가며 부딪치는 학생들로 북적거리는 이 홀 안에서 단짝의 자취는 어디에도 보이지 않는다.

시간이 흘러도 클레망스는 나타나지 않는다. 초조해진 알리시아는 연신 시계를 들여다보고, 친구들 얼굴을 하나하나 훑어본다. 그러다 하는 수 없이, 자기 반으로 들어가려고 발길을 돌린다. 이 상황에서 지각까지 하면 정말 가관일 테니까. 워낙 수줍음 많은 알리시아인데, 지각 때문에 모두의 시선이 한꺼번에 자기에게 쏠리는 상황을 어떻게 견딜 수 있겠는가? 으윽! 상상만 해도 벌써 끔찍하다!

이번 학년 첫 수업이 담임선생님의 프랑스어 수업이니만큼 더욱 그렇다.

알리시아는 교실 안으로 들어간다. 책상마다 이미 학생들이 앉아 있고, 창문 옆, 제일 오른쪽 줄의 첫 번째 자리와 그 옆자리만 남아 있다. 알리시아는 문 옆에 꼼짝 않고 서서 친구들의 얼굴을 한동안 관찰한다. 모두 알고 있는 얼굴들이다, 물론 정말로 알고 있다곤 할 수 없지만……. 알리시아는 중학교에 들어와서 2년을 다니는 동안 그중 겨우 몇 명하고만 이야기해 봤을 뿐이다. 그때 갑자기 웬 남학생 한 명이 교실로 들어오더니, 알리시아를 지나쳐서 비어 있는 첫 번째 줄 자리에 가서 앉는다. 어쨌거나 다른 선택이 없기에, 알리시아도 말없이 그 옆자리로 가서 가방을 내려놓는다.

물론 알리시아는 개학 첫날을 클레망스와 함께하고 싶었다. 하지만 클레망스가 없는 지금은…… "네 이름은 뭐니?", "넌?" 해서 알게 된…… 클로비스로 만족해야 할 것이다.

"오늘 앉은 자리가 1년 내내 여러분이 앉게 될 자리예요. 그래야 내가 여러분의 얼굴을 쉽게 익힐 테니까요."

지라르 선생님이 학생들에게 좌석표를 돌리면서 말한다.

"여기 우리 학급의 좌석들을 그려 놓았으니까, 여러분이 앉은 책상에 자기 이름을 적어 넣으세요.”

와, 엄격하구나! 올해는 시작부터 만만치 않다!

'새 학년에 들어온 걸 환영해, 클로비스.'

알리시아는 속으로 말한다.

'일주일에 무려 4시간 반을 이 애 옆에서 보내야 하니 어쩔 수 없지. 프랑스어 수업이 제일 많잖아. 제발 멍청이만 아니었으면 좋겠다! ……벌써부터 클레망스가 보고 싶어지다니!'

6.

알리시아는 드디어 점심시간에 식당에서 클레망스를 만난다. 같은 반이 아니라는 것 때문에 두 아이 모두 몹시 실망한 표정이다. 그래서 둘은 밥 먹는 시간에 입에 음식을 가득 넣은 채, 새로 만난 선생님들과 친구들, 그리고 학년 초에 일어날 수 있는 불협화음에 관해 이야기를 나눈다. 그러면서 앞으로의 1년이 무척 길 거라는 사실을 잊어버리려고 애쓴다. 이제 두 사람은 수업 시간에 나란히 앉을 수 없기 때문이다. 두 사람이 같은 반이 아니어서 좋은 점이 있다면? 서로 나눌 이야깃거리가 두 배로 풍부해질 거라는 점이다. 그것은 상상의 세계를 더 넓혀 줄 것이다. 그래, 이렇게 긍정적인 면을 보는 거야!

"그런데 내가 준 원고 다 읽었어?"

"무슨 원고?"

클레망스는 어리둥절한 표정이다.

"어제 네게 준 USB에 들어 있는 원고 말이야."

"어? 아, 네 USB에 있는 파일? 미안해, 아직 읽어 볼 시간이 없었어. 개학 때문에 준비할 게 엄청 많았거든. 알다시피 우리 가족은 그저께나 되어서 집에 돌아왔잖아. 미처 말하지 못했지만, 그래서 정리해야 할 게 너무 많았어. 전혀 짬을 낼 수 없더라. 게다가 네가 말했듯이, 그 책은 너무 길⋯⋯."

클레망스는 문장을 채 끝내지 않았다. 친구가 실망하고 있다는 걸 알고는, 친구의 팔에 손을 얹으며 말한다.

"걱정 마, 알리시아. 곧 읽을게. 시간을 좀 줘. 난 책 읽는 속도가 느리다는 걸 너도 알잖아."

책 읽는 속도가 느리다고? 클레망스가? 아니, 알리시아는 몰랐다.

그랬다, 알리시아는 조금 실망했다. 지금까지 클레망스가 분명히 자기보다 훨씬 더 호기심이 많다고 생각하고 있었다. 알리시아가 어제 클레망스의 마음을 끌려고 미래의 베스트셀러가 될 그 특별한 책 이야기를 들려주었을 때, 클레망스는 분명히 궁금해서 죽을 것 같은 표정을 지었다. 그래서 그녀가 만사를 제쳐 두고 그 책을 읽을 거라고 상상했었다. 정말이지 클레망스는 그랬어야 했다! 하지만 그렇게 하지 않았다. 게다가 알리시아는 클레망스의 그다음 말에 더 실망하고 말았다.

"한동안은 그 책 읽을 시간이 있을지 모르겠어. 오늘 아침 선생님들 말씀을 들어 보니, 올 한 해는 작년과 전혀 다른 해가 될 거 같아. 너도 들었겠지만, 선생님마다 자기 과목이 제일 중요하다고 생각하잖아. 그러니 이제 우린 공부할 분량이 너무 많아서 과제에 치여 죽고 말 거야!"

이어진 클레망스의 말은 알리시아에게 마치 사형선고 같았다.

"그래서 말인데, 앞으로 수요일 오후마다 가졌던 우리 모임도 이제 그만두는 게 좋겠어."

알리시아는 눈이 튀어나올 뻔했다. 그래서 이렇게 외치지 않을 수 없었다.

"뭐라고? 우리 글쓰기 모임을 그만두자고?"

"그래, 중3 생활은 장난이 아닐 거야. 그러니 그저 재미로 보내는 시간은 이제 더 낼 수 없어."

7.

    다음 날 점심시간에 클레망스는 알리시아와 함께 점심을 먹지 않았다. 그 애는 멀리서 알리시아에게 손짓만 보냈고, 알리시아는 즉시 그 뜻을 알아차렸다. 두 사람은 그 정도로 서로를 잘 알고 있다. 클레망스의 몸짓 언어는 알리시아에게 비밀스러운 게 아니다. 아주 조금 찡그린 클레망스의 표정과 아주 작은 손짓은 이렇게 말하고 있었다. '나도 어쩔 수 없어. 우리 반 애들과 점심을 먹지 않으면, 난 따돌림을 당하게 될 거야. 지금은 학년 초니까, 아무래도 친구 관계에 신경을 좀 써 두는 게 중요하지 않겠어?'

    알리시아는 이해했다. 비록 마음이 찢어지는 듯이 괴롭긴 하지만……. 이미 클레망스가 옆에 없는 오전 시간을 보낸 터였다. 그래서 적어도 쉬는 시간, 점심시간만큼은 단짝 친구를 만날 수 있기를 바랐다. 더군다나 수요일 오후의 만남이 없어진 지금은 서로 만날 기회가 많지 않기 때문이다.

다행히도 알리시아 반은 분위기가 좋은 편이다. 더 다행인 점은 옆자리의 클로비스가 아주 좋은 이웃이라는 점이다. 중3의 1년을 함께 보내기 좋은 친구. 그는 재미있는 소년이고, 알리시아에게 종종 우스갯소리도 잘 한다. 그렇다고 큰 소리로 농담하거나 허풍을 떠는 것도 아니다. 가끔이긴 하지만 선생님들께 칭찬도 듣는 클로비스는 방과 후에 남아서 벌을 받는 말썽꾸러기들과는 완전히 다르다!

다만 클로비스는 문학에 별 관심이 없다. 그러니 그 방면에서만큼은 클레망스를 대신해 주지 못할 것이다. 클로비스의 마음을 설레게 하는 건 운동뿐이다. 아! 그의 농구 사랑! 그 아이의 인스타그램 계정을 그대로 믿는다면, 그 애는 농구에 미친 애다. 아쉽지만, 어쩔 수 없다! 알리시아는 클레망스 대신 클로비스를 수요일 오후의 글쓰기 시간에 끌어들일 순 없을 것이다. 어쨌든 그건 큰 문제가 안 된다. 글쓰기, 그건 클레망스이다. 알리시아는 클로비스를 다른 의미에서 높이 평가한다. 그 아이의 변함없이 명랑한 기분과 유쾌함. 사람은 누구나 각자의 장점이 있는 법이고, 클로비스의 장점은 바로 그거다. 사람들은 서로 대체될 수 없는 법이다. 알리시아는 이제 글쓰기의 열정을 함께 나눌 수 있는 친구로 클레망스 외에 다른 사람은 결코 만나지 못할 거라고 확신한다. 특히 클로비스는 절대 아니다. 왜냐하면, 소설을 쓴다는 건 생각도 해 본 적이 없는 애이기 때문이다(그런 건, 수업 시간에 읽어야 했던 고전 문학 작가들만 하는 일이라고 생각한다!).

수업 시간을 좀 더 유쾌하게 만들어 주는 것 외에도 클로비스는 아주 소중한 재능을 갖고 있다. 아마 클로비스 본인은 모르고 있을 테지만, 알리시아는 진작에 파악했다. 누가 질문이라도 하면 금방 얼굴이 새빨개지고, 여러 사람 사이에 있을 때면 불편해서 어쩔 줄 모를 정도로 소심한 알리시아에게 클로비스는 자신감을 주었다. 그게 클로비스의 재능이다. 이 학교로 전학 와서 아무런 선입견 없이 알리시아를 만난 클로비스는 '콤플렉스 있는 여자애'라는, 이전 2년 동안 몇몇 친구들이 붙여 준 꼬리표 같은 걸 개의치 않고 새로운 시선으로 알리시아를 보았다. 그리고 그것이 알리시아를 아주 편하게 해 주었다.

문득 알리시아는 클레망스와 열렬한 우정을 지켜 올 수 있었던 이유를 깨닫는다. 두 친구가 둘만의 세계 속에 갇혀 있던 게 다른 아이들과 가까워지는 걸 피하게 해 주었다는 사실을. 알리시아는 그것이 자기를 보호해 준다고 믿었었다. 그런데 클로비스는 지금 그 반대의 경우를 증명해 주는 중이다. 그는 알리시아를 갇혀 있던 성채에서 끌어내어, 진짜 인생 안으로 들어가게 해 주고 있다. 그게 의도적으로 그러는 게 아니라서, 클로비스 자신도 자기가 그렇게 하고 있다는 걸 모른다. 그저 자연스럽게 알리시아를 대할 뿐이다.

클로비스는 알리시아의 지난 시간에 관해 아무것도 모른다. 그는 '그 애는 소심해, 그러니 그 애에게 무례하게 굴지 않게 조심해야지'라든가, '그 애는 친구와 같은 반이 되지 못해서 슬플 게 분명하니까, 내가 조심해서 행동해야겠어', 혹은 '그 애를 불쌍히 여겨 줘야겠어'라고 생각하지 않고, 그저 옆자리에 앉은 여느 친구에게 하듯이 아무렇지 않게 자연스레 말을 건다. 심지어 클로비스는 알리시아에게 살아서나 죽어서나 영원히 함께할 단짝 친구가 있다는 것도 모른다. 단지 웃길 좋아하고, 또 다른 사람을 웃게 만들길 좋아하는 사람답게 행동한다.

지금처럼 편하고 자연스러운 어조로 함께 이야기하고, 농담에 반응해 주는 게 알리시아에겐 얼마나 쉽지 않은 일인지, 클로비스는 전혀 모른다. 알리시아는 감정을 누르면서, 겁 많고 부자연스러운 자신의 성격을 극복하려고 애썼다. 처음에 알리시아는 클로비스에게 말을 건다는 것조차 상상할 수 없었다. 도저히 그럴 수 없을 거라고 느꼈다. 물론 종이 위에선 거침없이 술술 단어들을 써 나가지만, 말하는 건 다른 문제다. 글쓰기와 말하기, 그건 낮과 밤처럼 달랐다.

그러나 알리시아가 클로비스의 기대에 어긋나지 않았던 건 분명하다. 클로비스가 다른 수업 시간에도 줄곧 알리시아 옆에만 앉았기 때문이다. 그건 클로비스가 반에서 알리시아 외엔 아는 사람이 없기 때문이어서가 아니다. 알리시아는 클로비스가 옆자리에 앉을 수밖에 없는 프랑스어 수업 시간 외에도 늘 옆에 앉을 정도로 자기에게 관심을 기울인다는 것에 놀랐다. 어쩌면 자신에게 자기도 모르는 장점들이 있는지도 모른다.

'클레망스에게 클로비스를 소개해 줘야지.'

알리시아는 당연히 그렇게 생각했다.

8.

알리시아는 벌써 여러 차례 클레망스에게 전화를 걸었다. 하지만 그때마다 벨소리만 공허하게 울렸을 뿐이다. 알리시아의 전화번호가 화면에 뜨는데도 클레망스는 전화를 받지 않는다! 아, 아! 이건 말도 안 돼! 알리시아는 마치 소설 속 상황인 것처럼 꾸며 내서 스스로 놀라는 척하는 장난을 좋아한다.

그래서 이번엔 친구에게 왓츠앱에다 메시지를 보내서 시험해 보기로 한다.

−아직도 네가 그 소설을 읽을 시간이 없었다면 정말 유감이야. 부탁해, 내 USB를 돌려줄래? 편집자에게 원고를 보내려고 해.

클레망스에게선 온라인으로도 답이 없다. 인터넷 오류일까?

다음 날 알리시아가 학교 홀에서 우연히 마주쳤을 때, 클레망스는 심드렁하게 말했다.

"아, 맞다, 네 USB! 그거 돌려주려고 했는데…… 깜빡했네."

알리시아는 별안간 친구가 몹시 싸늘해졌다는 생각이 든다. 게다가 사과할 생각도 없어 보인다. 이건 전혀 클레망스답지 않다! 알리시아는 굳이 설명을 요구하지 않는다. 알리시아가 보기에 클레망스는 왠지 기분이 몹시 나쁜 것 같다. 도리어 클레망스가 화를 내며 자기에게 욕이라도 할까 봐 두려워지기까지 한다. 만일 그런 일이 일어난다면 알리시아는 사람들 앞에서 부끄러워 죽을 것 같을 것이다!

'클레망스는 아침부터 기분이 좋지 않은가 봐. 책 이야기를 꺼내서 더 짜증 나게 할 필요는 없겠지. 난 그 환상적인 책 이야기를 나누면서 즐겁게 시간을 보낼 거로 생각했는데. 상상만으로도 벌써 기분이 들떴던 내가 잘못 생각한 거야. 할 수 없지, 뭐! 괜찮아, 별일 아니야!'

그렇게 마음을 달래 봤지만, 사실 알리시아의 진짜 속마음은 그 반대이다. 알리시아는 확연히 변한 친구의 태도와 심한 변덕을 이해할 수 없다. 분명히 클레망스는 개학하기 전에 그 책을 읽을 시간이 있었다. 그 애는 알리시아와 같은 책을 읽고 느낀 점 이야기하길 좋아했었다. 평소 같았다면, 그 책이 준 감동을 이야기하고, 세세한 장면들을 다시 떠올려 보고, 거울 앞에서 상상도 해 보고, 그 책이 주는 영감을 따라서 뭔가를 끄적여도 보고, 그랬을 것이다. 그리고 알리시아더러 어떻게 생각하느냐고 물었을 것이다. 그래서 두 친구는 그 책의 글쓰기 방식에 관해, 문체에 관해, 또 저자의 독창적인 발상에 관해 서로 의견을 주고받았을 것이다. 그러면서 둘이 정말 즐거워했을 것이다.

그런데 클레망스의 태도는 완전히 변했다. 도대체 여름 방학 동안 클레망스에게 무슨 일이 있었던 걸까? 혹, 알리시아에게 말하고 싶지 않은, 아직 아물지 않은 사랑의 상처라도 있는 걸까? 그녀가 수치스러워할 만한 무슨 일이 일어났던 걸까? 그녀가 잊고 싶은 어떤 것? 그렇다면 왜 제일 친한 친구인 알리시아에게 털어놓지 않는 걸까? 아무튼, 어떤 문제가 클레망스를 괴롭히고 있는 게 틀림없다. 심각한 일일까? 아니면 중3이라는 무게가 좀 더 성숙해진 기분을 갖게 만든 걸까? 책에 빠져드는 것 외에 다른 오락거리들도 있다는 걸 알게 된 걸까? 새로 만난 친구들이 클레망스의 생각을 완전히 바꿔 놓은 걸까? 그들이 클레망스에게 삶을 보는 또 다른 방식을 발견하게 해 준 걸까? 그 새로운 삶의 방식이 이전의 방식과 너무나 달라서, 알리시아를 자신의 삶에서 밀어내는 걸까?

좋아, 그렇다 치자.

아니, 알리시아는 받아들이기가 쉽지 않다. 이해가 안 된다. 클레망스가 원망스러워지기 시작한다. 속으로 몹시 화가 난다.

'클레망스가 이럴 순 없어. 7년 동안 쌓은 우정을 이렇게 하루아침에 쓰레기통에 버린다고? 우리가 함께 만들어 온 관계를 생각해서라도, 그 책이 내게 얼마나 중요한지 안다면 아무리 바쁘고 정신이 없어도, 단 몇 줄이라도 훑어보는 노력 정도는 할 수 있었을 거야. 적어도 첫 장이라도 시도해 보는 건 어려운 일이 아니잖아. 그저 첫 느낌만이라도 이야기해 줄 수 있었잖아. 그런데 클레망스는 그렇게 간단한 일조차 해 보지 않았어. 내 마음 같은 건 조금도 배려하지 않은 거야!'

알리시아는 슬프다. 이제 그녀가 원하는 건, 가능한 한 빠르게 그 원고를 되찾는 거다! 클레망스가 미르티유의 소설을 읽어 주길 더는 기다리고 싶지 않다. 만일 그들의 우정이 깨진다면, 만일 문학이 더는 그들의 은밀한 꿈의 중심이 되지 못한다면(그 은밀한 꿈이라는 게 여전히 존재하긴 할까?) 그건 상황이 변했음을 나타내는 거고, 그들의 관계도 변할 수 있음을 뜻하는 것이다. 오랫동안 단짝 친구였지만, 이제 더는 그런 친구가 아니다. 그뿐이다! 유감스러운 일이고, 슬픈 일이고, 마음 찢어지는 일이지만, 이렇게 되고 말았다. 만일 클레망스가 계속해서 이해할 수 없는 태도를 보인다면, 알리시아는 그걸 받아들일 것이다. 이제 급히 할 일만 하면 된다. 알리시아의 USB, 그 원고를 회수하여 출판사 편집장에게 보내는 일만 남았다.

알리시아는 친구의 허락을 받고 싶어 했다. 도대체 뭣 때문에 그랬을까? 알리시아는 자기가 뭘 해야 할지 알 정도로 충분히 컸는데!

"내일 내 USB를 갖다줘. 같은 장소, 같은 시각에."

"오케이."

클레망스는 그렇게 짧게 내뱉고는 새 친구들이 있는 곳으로 달려가 버렸다.

다음 날, 알리시아는 학교 라운지에서 왔다 갔다 하며 하염없이 클레망스를 기다렸다.

하지만 친구는 나타나지 않았다.

며칠 후 알리시아가 멀리서 클레망스를 보았을 때, 그 애는 여전히 많은 친구들에게 둘러싸여 있었다. 알리시아는 클레망스를 귀찮게 할까 봐 다가가지 않았다. 역시 소심함 때문이다. 알리시아는 사람들 앞에서 거절을 당하거나 혹은 그들의 대화를 방해하게 될까 봐 두렵다. 여전히 고통을 꾹 참는 편이 차라리 낫다고 여긴다. 하지만 오랫동안 그러진 않을 것이다. 언제까지나 생각을 바꾸지 않는 건, 바보들이나 하는 짓이니까.

9.

이상하다. 알리시아와 붙어 다니지 않은 후로, 클레망스는 왠지 홀가분한 기분이다. 훨씬 자유로워진 느낌!

올해 같은 반이 아니라서 얼마나 다행인지 모른다. 얼마나 다행이고, 얼마나 행복한지! 중3 만세!

더는 알리시아를 사랑하지 않아서가 아니다. 강제로 이뤄진 이별은, 그동안 단짝 친구가 태블릿을 겨드랑이에 낀 채 자전거를 타고 시도 때도 없이 찾아와서 자기를 숨 막히게 했었다는 사실을 확실히 깨닫게 해 주었다.

"우리 글쓰기 할래? 우리 이 책 읽을까?"

알리시아의 머릿속엔 온통 그 생각뿐이었다. 하지만 진짜 삶은 그런 게 아니다! 책을 읽고 또 읽고, 오직 책 읽기 위해 집에만 갇혀 사는 것으론 만족할 수 없다. 다른 아이들도 얼마든지 있다, 새로운 반에서 만난 상냥하고, 재미있고, 엉뚱한 친구들……. 클레망스는 그런 아이들도 있다는 걸 발견한다. 이전에 알리시아가 제안했던 세계와는 아주 다른 새로운 세계. 진정한 삶이라고 할까! 클레망스는 클라리스와 타이스와 나이마와 금방 친해졌다. 또 디에고랑 소피안이랑 리상드르와도. 그래서 클레망스는 이제 그룹에 속하게 되었다. 드디어! 알리시아는 병적인 소심함 때문에 클레망스처럼 여러 친구들을 만들지 못했을 게 분명하다!

클레망스는 자신의 '청춘'을 망치고 싶지 않다. 흔히들 중학교 시절은 아주 특별하고 설레고 가슴 뛰는 시기라고 말한다. 그러니 그 기회를 충만하게 만끽하길 원한다. 그 멋진 시절이 옆으로 비껴가게 놔두고 싶지 않다. 훗날 나이가 들었을 때 후회하게 될지도 모르니까.

그러나 그것이 알리시아를 희생시키는 데 대한 변명이 될 수 있을까? 오, '희생'은 너무 거창한 단어다!

이제 클레망스는 천천히 다른 세계로 넘어간다. 앞으로 생각하는 게 자신과 더 비슷하고, 더 열정적이고, 더 대담한 새로운 사람들과 함께할 것이다. 인터넷을 통해 시사적인 용어들을 사용하면서 새로운 모험을 하고 누릴 것이다. 그건, 클레망스가 이제야 깨

달은 건데, 결코 알리시아가 해 줄 수 없는 것이다.

클레망스는 그동안 알리시아가 자신을 고립시켜 왔다는 걸 깨닫는다. 알리시아 자신이 다른 사람들 사이에서 편안함을 느끼지 못하기 때문에, 의견을 물어보지도 않고 클레망스를 억지로 자기 옆에 두려고 했다는 걸. 클레망스는 오로지 알리시아하고만 시간 보내던 걸 그만둔 후로 확실히 이전보다 덜 소심해진 자신을 발견한다. 그리고 그 점을 잘 이용하기로 맘먹는다.

이제 클레망스에겐 보호해 줘야 할 알리시아가 더는 없다. 이제 자기가 하고 싶은 것을 하고, 자기가 원하는 대로 반응해도 된다. 해방된다는 건, 이토록 멋진 일이다!

그렇게 생각하고 보니, 그토록 책을 좋아하는 알리시아라는 아이에게 해 줄 만한 멋진 비유법이 머릿속에 떠오른다. "인생의 한 페이지를 넘기다!"

10.

클레망스는 이제 잠시 스치는 바람이 되었다. 알리시아는 친구를 지나치면서 잠깐 볼 수 있을 뿐이었다. 클레망스는 항상 바빴고, 끊임없이 해야 할 일이 수천 가지는 되는 것처럼 보였다.

어느 날 알리시아는 점심시간에 교내 식당에서 줄을 서 있다가 친구의 웃음소리를 들었다. 알리시아는 소리 나는 곳을 쳐다보고, 곧 붉은 곱슬머리를 알아본다. 클레망스는 알리시아보다 몇 미터 앞에서 반 아이들과 함께 웃음을 터뜨리고 있다.

"실례해요……. 죄송해요……. 지나갈게요."

알리시아는 용기를 내서 학생들 사이를 요리조리 뚫고 지나간다. 열 명 정도의 학생들을 지나친다. 알리시아가 사람들 사이를 헤치고 나가는 그 상황을 그나마 견디고 있는 건…… 사람들 눈을 쳐다보지 않고 있기 때문이다.

알리시아는 그만큼 클레망스와 만나고 싶다.

그동안 클레망스와 이야기할 틈을 한 번도 찾지 못했다, 클레망스가 알리시아를 열심히 피해 다녔기 때문이다. 클레망스는 알리시아가 보낸 메시지에도 답을 주지 않고, 전화해도 받질 않았다. 그 애의 휴대폰은 죽은 것 같았다. 집에 찾아가도 역시 만날 수 없었다. 그런데 거기, 교내 식당 줄에서 드디어 몇 분이라도 친구와 말을 나눌 수 있게 된 참이다. 점심 식사를 기다릴 때는 줄을 서는 것 외엔 아무것도 할 수 없을 테니 서로 이야기를 나눌 수 있을 터이다.

알리시아가 클레망스에게 방해가 된다고 해도, 미안하지만 어쩔 수 없다. 친구들과의 대화를 중단시키는 실례를 한다 해도, 유감이지만 할 수 없다. 알리시아로선 클레망스와의 관계가 어떻게 된 건지 꼭 알아야 했으니까. 알리시아가 이토록 클레망스를 만나려는 이유가 바로 그것이다. 그래서 알리시아는 사람들 사이를 헤집고 용감무쌍하게 나아간다. 더는 잃을 게 없는 자들에게서 볼 수 있는 그런 분노를 지니고……

마침내 클레망스를 만나자, 클레망스가 알리시아를 보고 깜짝 놀란다.

"어? 안녕! 어디서 나타난 거야? 무슨 일이야?"

클레망스는 알리시아를 만난 게 못내 거북하고 불편한 듯하다. 알리시아는 친구의 냉랭한 반응에 모욕감을 느낀다. 클레망스가 알리시아를 좋아한다면, 이와는 다른 태도를 보였어야 한다. 반가워서 꼭 끌어안는 것까진 바라지 않더라도, 적어도 알리시아에게 상냥한 말 한마디, 따뜻한 미소는 보여 줘야 했다. 비난 섞인 어조로 말을 하는 건 정말 아니다.

그러나 알리시아는 두 사람이 작년까지 나눴던 우정이 다시 회복될 수 있다는 소망을 아직 갖고 있다. 그래서 재빠르게 효과적으로 용건을 이야기해야겠다고 생각한다.

"내가 건네준 소설 말이야, 읽어 볼 시간은 있었어?"

단숨에 물었다.

마치 뜨거운 물건에 손을 댔다가 화들짝 놀라며 손을 떼듯이 황급히 내뱉은 말이었다. 그 말을 하고 나면, 왠지 속이 시원해지고 모든 게 제자리로 돌아갈 것 같다는 생각이 조금 있었던 것 같다. 그 원고는 며칠 전부터 알리시아를 옥죄고 있었다.

클레망스가 냉소적인 웃음을 웃는다.

"너 정말 대단하다! 그동안 거의 보지 못했는데, 갑자기 불쑥 나타나서 한다는 말이 또 그 지겨운 소설 이야기인 거니? 정말 지긋지긋하다. 네가 말하는 그 책, 난 아무 관심 없어!"

헉! 이런 반응은 알리시아가 전혀 기대한 게 아니었다. 알리시아는 당황한다. 더듬거린다.

"아니…… 난…… 그게, 그냥 네가 어떻게 생각하는지 알고 싶었을 뿐인데……."

클레망스가 짜증을 낸다.

"벌써 몇 번이나 말했잖아, 난 그딴 거 읽을 시간이 없다고."

간청하듯 말하는 알리시아의 목소리는 간신히 알아들을 정도이다.

"좋아, 그럼 내 USB 돌려줘. 유감이지만 할 수 없지."

클레망스의 목소리는 더 커지고, 더 단호해졌다. 신경질을 부리기 직전이다.

"그래! 좋아! 네 USB 돌려줄게! 별꼴이야! 넌 머릿속에 그거밖에 없니?"

잘못을 남에게 뒤집어씌우는 건 언제나 효과적이다. 그건 '하찮은 사람에게 죄의식 느끼게 하기'의 '제1규칙'이다.

물론 당황한 클레망스의 친구들이 끼어든다.

"USB? 그게 뭔데?"

"아무것도 아냐."

클레망스가 별거 아니라는 듯 손을 내저으며 대답한다.

그리고 알리시아를 노려보면서 덧붙인다.

"여긴 그런 이야기 할 장소가 아니야."

그러면서 곧 알리시아에게서 등을 돌린다. 클레망스는 문제의 골칫덩어리가 분위기를 망치러 오기 전까지 새 친구들과 화기애애하게 주고받던 대화를 다시 이어 간다. USB니 원고니 하는 이야기보다, 오전의 역사 시간에 있었던 장면을 떠올리며 이야기하는 일이 훨씬 재미있다.

"마르슈가 교단에 올라가서 뒹굴었을 때, 어찌나 웃기던지 배꼽이 빠지는 줄 알았어!"

알리시아는 자신이 불필요한 방해자라고 느낀다. 버림받은 자, 차인 자, 내쳐진 자. 알리시아는 이해할 수 없다. 어떻게 클레망스가 그렇게 완전히 변할 수 있을까? 누구보다 가까웠던 친구를 어떻게 그렇게 달갑지 않은 불청객 취급을 할 수 있을까? 클레망스는 왜 알리시아에게 아무것도 이야기해 주지 않을까? 반이 바뀌고, 환경이 바뀌고, 친구가 바뀌는 것, 그건 모든 측정기를 제로로 만들어 버리고, 과거의 흔적을 모조리 지워 버리는 것일까?

"죄송해요…… 미안해요…… 실례합니다."

알리시아는 몸을 돌려서, 조금 전에 헤치고 나온 길을 다시 지나 처음 있던 자리로 되돌아온다. 울지 않으려고 꾹 참는다. 우는 건 좋지 않은 결과를 낳을 것이다. 학교에서, 그것도 많은 사람들이 보는 앞에서 눈물을 흘려선 안 된다. 그건 너무 생뚱맞고, 부적

절한 일이다. 너무 나약하다는 증거라서 졸업할 때까지 꼬리표가 따라다닐 수도 있다. 그러니 절대로 울어선 안 된다. 아무리 측량할 길 없는 깊은 슬픔일지라도.

11.

알리시아는 걷기도 힘들다. 두 다리가 나무토막같이 뻣뻣하고 무겁다. 무릎이 다 없어져 버린 것 같고, 배 속에도 뭔가가 꽉 뭉쳐 있는 것 같다. 알리시아는 쟁반 위에 거의 아무것도 올려놓지 못한다. 배도 고프지 않다.

"야! 앞으로 가야지! 그렇게 막고 서 있으면 어떻게 해!"

"거기 언제까지 멀뚱히 서 있을 거야?"

"쟤는 왜 저렇게 걸리적거리는 거야!"

"제기랄, 밀어 버려!"

"너 때문에 뒤에 있는 사람들이 못 지나가고 있는 거 안 보여?"

그랬다, 알리시아의 눈엔 아무것도 보이지 않는다. 알리시아는 이제 아무것도 안 보인다. 주위가 온통 뿌옇고, 안개가 낀 것 같다. 알리시아는 테이블들도, 얼굴들도 구별이 되지 않는다. 한 발한 발 딛는 것조차 불가능하다. 주변의 소리도 귀에 들어오지 않는다. 다른 아이들이 자신에게 큰 소리로 질책하는 것밖에 들리지 않는다. 머리가 빙빙 돌기 시작한다.

갑자기 알리시아의 두 손에서 쟁반이 떨어진다. 아니, 누군가가 그것을 아슬아슬하게 잡아챈다. 팔 하나가 어깨에 둘리더니, 알리시아를 데리고 앞으로 나간다. 통로가 다시 만들어지고, 그제야다른 사람들도 불평을 그친다.

알리시아는 자동기계처럼 모르는 누군가에 의해 떠밀리듯이 테이블까지 걸어가고, 그 누군가가 알리시아를 강제로 그곳에 앉게한다. 주변의 사람들은 여전히 뿌옇게 보이고, 소리도 여전히 희미하다. 오, 이런, 이런! 이제는 식당 전체가 주위에서 뱅글뱅글돌아가기 시작한다. 식당이 앞뒤로 흔들거리는 커다란 공처럼 느껴진다. 알리시아의 머리가 갑자기 뒤로 젖혀진다.

순식간에 모든 게 새까매진다.

알리시아는 의식을 잃었다.

"긴장을 좀 풀려무나."

보건 선생님이 말한다.

"오늘 수업은 더 안 들어도 돼. 오후엔 여기서 휴식을 취하도록 해. 상태가 조금 좋아지면, 그때 집으로 돌아가도록 하고……. 아니면, 혹시 널 집까지 데려다줄 수 있는 친구가 있니?"

알리시아는 자신이 볼썽사납게 느껴진다. 식당에서 기절하여 쓰러지는 걸 모든 학생이 보았을 게 분명했다. 다행히도 아무것도 기억하지 못한다. 만일 기억한다면, 수치감이 더 심했을 것이다!

식당 줄에 서서 클레망스와 대화하던 장면을 다시 떠올리자, 알리시아는 자신이 너무 바보같이 느껴진다. USB 하나 때문에 기절까지 하다니. 얼마나 바보 같은 일인가! ……얼마나 멍청한가, 빌어먹을!

하지만 그건 제어할 수 있는 게 아니다. 사실 클레망스가 알리시아를 피할 때부터, 자신에게 등을 돌린 후부터, 알리시아는 잘 먹지도 못했다. 식사도 조금밖에 못 하고, 아침은 아예 걸렀다. 아버지는 시간 외 근무 때문에 자주 집을 비우느라 딸을 지켜볼 수 없었다. 그래서 딸이 깨지락거리며 먹고, 건강하고 균형 잡힌 식사를 거의 못 한다는 걸 모르고 있었다.

그런데 그날 오후의 불행한 사건이 알리시아에게 교훈을 주었다. 그래서 알리시아는 스스로 약속했다.

'오늘 저녁부터는 걸신들린 사람처럼 마구 먹을 거야!'

어쨌든 우정의 아픔 때문에 병에 걸리는 일은 없어야 한다! 그건 정말 우스꽝스러운 일이니까!

12.

며칠 후, 알리시아의 아버지가 뭔가를 느꼈는지 딸을 불렀다.

"알리시아, 네가 학교 소식도 자주 들려주곤 하니까, 네 이야기를 들어 보면 아무 문제 없이 잘 지내는 것 같은데, 왠지 요즘 클레망스 이야기는 전혀 안 하는 것 같구나. 그 애에게 무슨 일이 있니?"

"저도 몰라요."

알리시아가 아무 생각 없이 대답한다.

"모른다고?"

아버지가 놀란다.

"너희 둘은 초등학교 때부터 단짝 친구였잖아. 지금도 같은 학교에 다니고 있는 건 맞지, 그렇지?"

알리시아는 잠시 갈등한다. 아버지에게 '상관하지 마세요, 그건 내 일이에요' 하고 매몰차게 대답할지, 아니면 그녀의 가슴을 갉아 먹고 있는 종양을 터뜨리기 위해 사실을 있는 그대로 털어놓을 건지……. 아버지의 따뜻하고 정겨운 미소가 알리시아에게 두 번째 해결책을 선택하게 만든다. 알리시아의 아버지는 늘 딸의 편이다. 그리고 몇 년 전 암으로 세상을 떠난 알리시아의 어머니를 대신해서 자신이 할 수 있는 모든 걸 해 주는 분이다. 아버지와 딸은 서로 상처를 주지 않기 위해 집에서 엄마 이야기는 되도록 하지 않는다.

부녀는 아내와 엄마의 빈 자리를 채우기 위해 각자 해결책을 찾았다. 알리시아의 아버지는 아침부터 밤까지 택시를 몰며 일하고, 시간을 낼 수 있을 때는 지하실에 있는 작업실에 틀어박힌다. 발명하고, 조립하고, 고치고, 만들고. 그것이 그를 견디게 해 주고, 우울한 기분에 사로잡히지 않게 해 준다. 알리시아는 더 어렸을 때는 스스로 위로받기 위해 독서를 선택했고, 좀 더 자라서 글쓰기를 선택한 후로는 그 외의 다른 게 필요하지 않았다. 글쓰기 역시 창작하고, 조립하고, 고치고, 만드는 일이다.

알리시아는 아버지에게 모든 걸 다 말하고 싶지 않았다. 특히 아버지의 작업실에서 시간 여행을 한 에피소드에 관해서는! 다만

USB에 기록된 소설 이야기와 클레망스가 그 소설을 돌려주지 않았다는 이야기, 그리고 이해할 수 없는 이유로 클레망스가 멀어져 간 이야기만 한다.

"아빠, 내가 뭘 잘못했을까요?"

"나도 모르겠구나, 내가 그 자리에 있질 않아서. 하지만 난 네가 어떤 애인지 잘 알지. 넌 뭐든 모르는 채로 가만히 넘어갈 수 있는 애가 아니라는 걸 말이야. 넌 항상 이해를 필요로 했어. 아주 어렸을 때부터 그랬지. 그러니 클레망스에게서 설명을 듣는 게 좋을 거다. 친구 사이라면, 모르는 채 그냥 넘어가게 내버려 둬선 안 돼. 좋아하는 사람을 곁에 두고 싶다면, 의심되는 것과 싸우는 게 중요하단다."

*

만성절 휴가. 아버지의 말이 계속 알리시아의 머릿속을 맴돌았다.

오래전, 아주 오래전부터 클레망스는 전혀 연락이 되지 않는다. 전화도 안 받고, 문자도 보지 않는다. 집으로 찾아가서 만나려고 하면, 클레망스의 부모는 언제나 딸이 집에 없다고 말한다. 그게 몇 시든 간에. 거기다 좀 어색한 목소리로.

알리시아는 두 분이 클레망스로부터 없다고 말해 달라는 부탁을 받은 건가 하는 의심도 든다.

클레망스는 알리시아에게 뭔가 죄책감을 느끼고 있는 걸까? 식당에서 보인 태도를 뉘우치고 있는 걸까? 어쩌면 알리시아가 기절까지 한 탓에 그렇게 느끼고 있을 수도 있다! 클레망스가 그 일을 반성하고 있다는 걸까? 자신의 행동이 잘못되었다는 걸 받아들인 걸까? 확실히 그때 클레망스는 심했다! 생각해 보면, 자신이 한 짓을 떳떳하게 여길 수 없었을 것이다. 클레망스는 그것을 후회하고 있는 걸까? 그래서 차마 친구의 얼굴을 마주 대할 수 없는 걸까? 너무 부끄럽다고 여기고 있는 걸까?

알리시아는 수없이 질문을 던져 본다. 당연히 클레망스에게 직접 물어보고 싶다. 하지만 클레망스가 답을 해 주지 않으니, 스스로 알아서 하게 내버려 둬야 한다.

사실 알리시아는 불안하다. 친구에게 대체 무슨 일이 일어났던 걸까? 클레망스는 개학 후에 몹시 달라졌다. 한 가지 새로운 추측이 알리시아의 머릿속에서 자라고 있다. 혹시 여름 방학 동안에 클레망스가 심각한 중병에 걸린 걸까? 불치병에? 이미 어머니를 암으로 잃고 마음이 약해진 알리시아에게 그 사실을 말하고 싶지 않아서 비밀을 지키고 있는 걸까? 맞아, 분명히 그런 거야, 클레망스는 알리시아를 두렵게 만들고 싶지 않은 거야! 아무리 생각해도 그게 가장 그럴듯한 추측이었다. 그렇지 않고서야 어째서 클레망스는 7월과 8월 두 달 동안 은행에 나타난 복면 사내들 이야기를 더 써 내려가지 않았을까?

알리시아는 확신한다, 클레망스가 자기에게 불안감을 주고 싶지 않아서 뭔가를 감추고 있는 거라고. 분명히 자신의 병을 감춰서 알리시아를 보호하려는 거라고.

알리시아는 이제 어찌 해야 좋을지 모른다. 자, 이럴 땐 어떻게 해야 하지?

알리시아의 아버지가 옳다. 무엇보다도 우정을 우선으로 해야 한다. 누군가와 친구가 된다는 건, 상대에게 강요하는 게 아니고, 오히려 서로의 차이와 소망을 존중해 주는 거다. 그래서 알리시아는 클레망스가 둘 사이에 만들어 놓은 거리감을 존중해 주기로 마음먹는다.

'정말 클레망스의 건강이 좋지 않은 거라면, 더더욱 그 애를 귀찮게 해선 안 돼! 그 애와 마주치면, 어떤 질문도 하지 말아야지. 그저 명랑하고 상냥하게 대할 거야. 만일 그 애가 나랑 이야기하고 싶어 하면, 그때 따뜻하게 대해 줘야지. 그래, 그 애의 맘만 편하면 돼. 난 그저 우리가 평범하게 이야기를 나눌 수 있기만 하면 돼. 이전처럼.'

하지만 실제로는 이론이 전혀 안 들어맞을 때도 있는 법이다. 알리시아는 학교 복도에서 클레망스를 봐도, 친구에게 다가가질 못한다. 근처까지만 가면, 클레망스가 벌써 멀찌감치 피해 가기 때문이다.

'지금처럼 계속 클레망스와 만나지 못하면, 관계를 다시 풀기는 어려워질 거야!'

알리시아는 생각한다.

그래서 어느 화요일, 정면으로 난국을 돌파하겠다고 결심한다. 클레망스가 수업을 마치고 나오길 기다리는 게 나을까? 알리시아는 어떤 교실 앞에서 기다려야 할지 알아보려고 클레망스의 시간표를 살펴본다.

교실에서 나온 클레망스는 알리시아가 교실 문 앞에 있는 걸 발견하곤 깜짝 놀라서 흠칫 뒤로 물러선다. 그 애는 미소 없는 얼굴로 알리시아의 눈길을 피한다.

"내게 원하는 게 뭔데?"

클레망스가 불쾌한 표정으로 내뱉는다.

"난 바빠. 영어 수업 들으러 옆 건물로 가야 해."

알리시아는 이 세 문장으로 따귀 한 대를 맞은 기분이다. 이제 클레망스는 알리시아에게 말할 때마다 이처럼 차갑고 날카로운 말투만 쓴다.

"클레망스, 대체 무슨 일이니? 왜 자꾸 나한테 그렇게 퉁명스럽게 말하는 거야?"

알리시아가 묻는다.

행복한 재회를 꿈꿨던 알리시아는 이제 격식을 차려 말하고 싶지 않다. 공격을 받는다고 느낀 개가 상대를 물어뜯을 수 있듯이, 알리시아도 세게 짖기로 한다.

"말해 봐. 너, 내 USB 안 갖고 있어?"

사실 이건 알리시아가 하려고 했던 말은 아니었다. 하지만 단도직입적으로 본론을 말해 버린다. 알리시아는 클레망스로부터 상황을 들어 보고, 서로 좋은 말을 주고받거나 포옹까지도 하길 바랐다. 하지만 이제는 친구의 마음이 이전 같지 않다는 걸 깨닫는다.

클레망스는 얼굴이 붉어지긴 했지만, 아무 대답도 하지 않는다.

"돌려줘, 부탁해."

"흥, 그거였어."

클레망스가 주머니를 뒤적거리면서 중얼거린다.

그리고 USB를 꺼내서 알리시아의 얼굴에 던져 버린다. 마치 그 작은 플라스틱에 손가락 끝이 데이기라도 한 것처럼.

그러고는 한 마디 말도 없이 가 버린다.

알리시아는 그 자리에 못 박힌 듯 서 있다. 이젠 복도에서 클레망스를 따라갈 용기도 없다. 그 애에게 뭐라고 말해야 할지도 모른다.

알리시아는 집에 돌아와 태블릿에 USB를 꽂는다. 그리고 그 순간, USB에 저장해 둔 게 모두 사라지고 없다는 걸 알게 된다.

13.

　다음 날 밤 자전거를 타고 클레망스의 집까지 단숨에 페달을 밟고 간 건, 에너지로 충만한 알리시아였다.

　알리시아는 자전거를 타기 전까지 많이 생각했다. 밤새도록 잠을 자지 못했다. 수천 가지 질문을 해 봤지만, 어떤 대답도 찾지 못했다. USB가 텅 빈 것에 대한 비밀을 밝혀 줄 유일한 사람은 클레망스였다. 그래서 3만 6천 가지의 추측과 가정을 세우는 대신, 알리시아는 클레망스에게 설명을 요구하기로 했다, 직접. 답은 클레망스만이 알고 있다. 그리고 그 애는 알리시아에게 그 답을 해주어야 한다.

　'친구에게 거칠게 하고 싶지 않았는데, 결국 손해를 본 건 나였

어. 좋아, 이젠 끊임없이 머리를 굴리며 생각에 생각을 거듭하는 것도 지긋지긋해!'

학교에서 클레망스를 만나는 게 쉽지 않기에, 알리시아는 집으로 가면 만날 거라고 확신한다. 설령 집에 없다고 해도, 올 때까지 기다리면 된다. 시간이 더 필요하다면 얼마든지 기다려서, 반드시 설명을 듣고 말 것이다!

알리시아는 클레망스의 집 앞에서 일어날 수 있는 장면을 미리 상상해 본다.

알리시아는 벨을 누를 것이다. 클레망스의 부모도 문 앞에 서 있는 알리시아를 보면, 더는 허튼소리를 하지 못할 것이다. 그들이 뭐라고 하든 이제 알리시아는 곧이곧대로 듣지 않을 테니까. 알리시아는 단호하게 집 안으로 들어갈 것이다, 클레망스의 부모가 허락을 해 주든 말든. 그리고 클레망스의 방까지 올라가서 친구에게 요구할 것이다, 반드시 설명을 해 보라고.

그리고 비밀이 완전히 밝혀질 때까지는 절대로 그 집에서 나오지 않을 것이다.

클레망스의 집 앞에 이른 알리시아는 친구를 만나기 위해 굳이 난폭하게 문을 밀고 들어갈 필요도, 소란을 피울 필요도 없다.

그럴 필요가 없었다! 왜냐하면, 비록 가상의 시나리오를 그렇게 세우긴 했지만, 소심한 알리시아는 남의 집에 들어가서 자기 마음대로 떼를 쓰면서 폭군처럼 굴 수 있는 아이가 절대 못 되고, 어른들에게 대들 수 있는 아이도 아니기 때문이다. 무슨 권리로 그렇게 한단 말인가? 아무리 진실을 알고 싶어서라고 해도, 그것이 그런 쿠데타를 정당화해 주진 못한다!

알리시아는 집 앞에 자전거를 주차하려는 순간, 얼굴을 두 손으로 감싸고 현관 계단에 앉아 있는 클레망스를 발견한다. 몹시 괴로워하는 모습이다.

별안간 알리시아의 마음이 찢어지는 것 같다. 클레망스는 몹시 아파 보인다. 알리시아는 자기 생각이 틀리길 바랐지만, 애석하게도 자신의 추측이 옳았다는 걸 깨닫는다. 친구는 불치병에 걸린 게 분명했다. 전에 없던 클레망스의 이상한 말투, 그러니까 알리시아를 대하는 심술궂고 공격적인 태도는 모두 불치병의 고통을 감추기 위한 거였다.

아, 클레망스는 곧 죽을지도 모른다!

알리시아는 클레망스 곁에 가서 앉는다. 그리고 가만히 친구의 어깨에 팔을 두른다. 고개를 든 클레망스의 두 뺨에 눈물이 흘러내린다. 몇 주 전부터 클레망스를 사로잡고 있던 그 공격적이고 거만한 태도는 보이지 않는다. 오히려 겁에 질린 듯한 눈길이 한없이 애처롭게 보인다.

"내가 끔찍한 일을 저지르고 말았어."

클레망스가 중얼거린다.

"넌 나를 절대로 용서하지 못할 거야."

14.

9월 1일, USB를 클레망스에게 건네준 알리시아가 자전거를 타고 떠난 직후였다. 클레망스는 알리시아가 모퉁이로 사라지자마자 USB를 태블릿에 꽂았다. 알리시아가 어찌나 그 책을 홍보했던지, 클레망스는 빨리 읽어 보고 싶어서 안달이 났다. 2년 후에 모든 미디어를 완전히 휩쓸게 된다는 그 책. 베스트셀러래, 베스트셀러! 클레망스의 꿈! 어떻게 클레망스와 동갑내기인 어린 소녀가 베스트셀러를 쓸 수 있다는 거지? 대체 그 비결이 뭘까? 유명해지려면 도대체 어떻게 해야 하는 거야?

클레망스는 수수께끼 소녀인 미르티유가 썼다는 『지옥의 사람들』이라는 제목의 장편소설 파일을 발견한다.

그리고 첫 페이지에서부터 덥석 빠져들고 만다.

문단이 끝날 때마다 클레망스는 "와, 세상에! ……미쳤어, 정말! 대박! 완전 천재야!"라고 중얼거리지 않을 수가 없다.

이야기가 너무나 매력적이다. 완전히 마음을 사로잡는다. 단어 하나하나가 더없이 정확하게 선택되었고, 인물들도 탁월하게 묘사되었다. 게다가 거울을 들여다보는 사람에게 그 사람의 진실 네 가지를 말해 주는 거울이라니, 얼마나 놀라운 발상인가! 클레망스는 감탄의 휘파람을 불었다.

'이걸 쓴 사람이 나 같은 십대 소녀라니 말도 안 돼! 기가 막히잖아.'

텍스트를 읽어 나가면서 여기저기 약간 서투른 문체가 보이긴 했다. 아주아주 약간. 아주아주 조금. 때때로 나타나는 매우 십대다운 어법.

'우리 또래라는 걸 생각하면, 이런 것쯤이야!'

클레망스는 생각한다.

분량이 만만찮지만, 그래도 끝까지 읽기 전엔 도저히 손에서 놓을 수 없을 것 같다. 결국, 클레망스는 꼬박 밤을 새우고 만다. 소설 읽기는 다음 날 오전까지도 계속된다.

이제 그 이야기는 클레망스가 하는 생각마다 끼어든다. 그 이야기에서 벗어날 수 없다. 책 내용에 흠뻑 빠지고 말았다. 완전히 중

독되었다.

'미르티유라는 애, 정말 뛰어난 재능이야! 질투가 나!'

클레망스는 계속 그 생각만 한다.

미르티유라는 이 놀라운 소녀가 대체 누구인지 알아보려고 인터넷을 켠다.

검색창에 쳐 본다. 미르티유. 하지만 미르티유의 또 다른 이름인 '빌베리'라는 과일과 그 효능, 그 과일로 만드는 스무디, 그리고 그에 관한 사진들과 판매처에 대한 정보들만 가득할 뿐, 위대한 소녀 작가에 대해선 아무것도 찾지 못한다.

미르티유는 존재하지 않는다. 그 어디에도 없다. 그 애에겐 어떤 사이트도, 링크도 없고, 존재한다는 흔적도 없다.

'믿을 수 없어! 이처럼 재능이 많은 아이가?'

클레망스는 잠시 넋 나간 듯 앉아 있다. 그러다 별안간 떠오른 단어, 미래 여행!

진즉에 그 생각을 못 했다니, 얼마나 멍청한가! 미르티유가 인터넷에 존재하지 않는 건, 그 애가 아직 미디어에 알려지지 않았기 때문이다. 그 책은 아직 출판되지 않은 상태다. 그 애는 2년 후에나 유명해질 것이다. 그러니 아직 그 애를 알지도 못하는 사람들이 벌써 그 애에 대해 이런저런 말을 할 리가 만무하다. 너무나 당연한 일 아닌가! 그러면 알리시아가 시간 여행을 했다는 게 거짓말이 아니라는 건가?

　모든 게 흔들린 건, 바로 그 순간이었다.

　클레망스는 그 USB를 친구에게 얌전하게 돌려주는 대신 딴생각을 하고 만다.

　'알리시아가 하려는 일은 아주 치사하고 못된 짓이야. 맞아, 이 책은 정말 훌륭해. 알리시아도 나도 바로 이런 책을 쓰고 싶어 해. 하지만 이 소설을 누군가에게서 훔치는 건 정말 역겨운 짓이야. 솔직히 알리시아가 한 게 뭐가 있지? 아무것도 없어. 시간 여행을 한 것 빼고는 아무것도 한 게 없다고. 그런데 서점에 가서 책 한 권을 샀다는 이유로, 자기가 무슨 대단한 공이라도 세운 것처럼 말하잖아! 그게 미르티유의 작품을 자기 것인 양 속여도 된다는 핑계가 될까?'

　클레망스는 생각하면 할수록, 알리시아의 계획이 더욱더 부당하다고 여겨진다.

　'그 앤 정말 혐오스러워! 미르티유를 밀쳐내고 자기가 먼저 그 원고를 출판사에 보내서, 미르티유에게 돌아갈 영광을 가로채겠다는 심산이잖아? 사실 그건 어렵지 않아. 누워서 떡 먹기지. 그래? 그렇다면 나라고 못 할 이유도 없는 것 같은데!'

　삶에는 일생의 남은 시간을 결정지을 만큼 중요한 선택을 해야 할 순간들이 있다. 결혼해야 할까? 아기를 가질까? 이사를 할까? 친구가 맡긴 원고를 훔칠까?

거기다 그럴듯한 구실도 있다. 자기 말이 옳다는 확신도 든다. 그 애가 하면 괜찮고, 내가 하면 안 된다는 법이 있어?

우린 누가 어떤 일을 했다는 이유로 그를 미워하다가도, 막상 자기가 똑같은 일을 할 때는 오히려 자신을 옹호할 때가 있다. 인간의 욕망은 이렇듯 우리가 양면성을 갖게 만든다.

우리 시대에는 원하는 모든 정보를 다 찾아낼 수 있다. 그것도 단 몇 번의 클릭만으로. 그건 아주 간단해서, 인터넷 서핑 몇 번만 하면 충분하다. 그래서 클레망스는 2년 후에 미르티유의 책을 출판하게 된다는 출판사 편집장의 계정을 찾는다. 짜잔! 찾았다. 클레망스는 편집장의 인스타그램에서 보란 듯이 강조된 글꼴로 적혀 있는 이메일 주소를 즉시 발견한다. berly.massinot@editions-excellence.com 재빠르게 복사, 붙이기. 알리시아의 주소 대신 자기 주소 써넣기. 클레망스 루스탱. 필명인 미르티유로 사인하기. 그리고 마지막으로 클릭! 됐다. 끝. 미래의 베스트셀러가 발송되었다.

이보다 쉬운 게 있을까! 어린애 장난보다 쉽다.

이 놀라운 소설은 여전히 미르티유라는 인물에 의해서 쓰였다. 이 작품은 2년 후에 출판하기로 되어 있는 천재 십대 소녀의 소설도, 알리시아의 소설도 아니고, 이제 '제3의 미르티유'의 것이다. 다시 말해 클레망스!

*

클레망스가 사흘 후에 메일함을 열었을 때, 심장을 두근거리게 하는 메일 한 통이 도착해 있다. berly.massinot@editions-excellence.com가 보내온 답장이다.

말도 안 돼! 이럴 수가! 벌써?

미르티유 님,

방금 당신의 원고를 읽는 즐거움을 누렸습니다(제목부터 멋지군요, 그보다 멋진 제목은 찾기 어려울 거예요).

편지에 전화번호를 남겨 놓지 않았기에, 위의 번호로 아주아주 이른 시일 안에 연락 주시길 부탁드립니다.

편집장의 답장은 짧았다. 하지만 확실한 약속이라는 걸 알려 주기엔 충분했다.

클레망스는 떨리는 마음으로 출판사의 전화번호를 눌렀다.

그리고 며칠 후엔 우편으로 계약서를 받았다.

베릴 마시노가 클레망스에게 제안한 계약금은 그 또래 소녀에겐 가히 천문학적인 숫자이다. 비록 성인이 된 후에야 그 돈을 만질 자격이 주어지는 거지만, 그렇더라도 그런 금액 앞에서 어떻게 No 라고 말할 수 있을까! 자기는 그 돈을 받을 자격이 없다는 생각을 단 1초라도 하고 싶을까?

15.

알리시아는 당장이라도 구역질을 할 것만 같다.

클레망스가 자신을 똑바로 바라보지 못하고 고개를 푹 숙인 채 고백하고 난 직후이다. 클레망스는 일련의 일들이 어떻게 일어났는지 자세하게 설명했다. 단숨에 작품을 읽었다는 것, 순간적으로 편집자에게 원고를 발송했다는 것, 그리고 즉시 계약서에 서명했다는 것.

'나도 어쩔 수 없었어!'라고? 감히 내게 그렇게 말하다니! 알리시아는 클레망스의 말을 떠올린다.

이제 엑셀랑스 출판사의 거창한 계약서에 기록된 건 클레망스의 이름과 주소다.

알리시아는 머리를 된통 얻어맞은 사람처럼 정신이 하나도 없다. 움직일 수도, 말을 할 수도 없다.

『지옥의 사람들』이 알리시아의 곁을 스치고 곧장 지나가 버렸다. 자신이 손에 쥘 수 있었던 돈과 명예, 모든 꿈이 한순간에 날아가 버린 거다.

그녀가 그 특별한 원고를 클레망스에게 넘겼던 건, 두 친구를 잇는 끈을 더 견고하게 하고 싶었기 때문이다. 알리시아는 클레망스와 함께 공유한 비밀로 인해 둘의 관계가 더욱 단단해질 거라고 확신했었다. 둘만이 아는 비밀을 공유하는 게 그들의 우정을 영원히 견고하게 해 줄 거라고 믿었다. 그런데 클레망스는 자기 생각만 했다. 숨어 있던 질투와 비열함, 모든 저급한 본능이 깨어난 것이다.

알리시아는 그 자리에서 완전히 무너지고 말았다. 가장 친한 친구한테 배신을 당하다니! 알리시아의 유일한 친구였는데! 그 친구가 악행을 저지르는 데는 채 10분도 걸리지 않았다! 이름을 바꾸고, 메일을 보냈을 뿐이다. 클레망스는 그 일을 아무 생각 없이, 스스로에게 많은 질문을 던져 보지도 않고 그냥 해 버렸다. 아니, 이름을 바꿔 쓰다니? 제일 친한 친구의 이름, 자기가 가장 잘 알고 또 사랑하는 사람의 이름을 지우고 자기 이름을 대신 써넣다니! 감히 어떻게 그럴 수 있을까?

무엇보다도 알리시아는 클레망스를 어떻게 그렇게까지 오인할 수 있었을까? 절대로 친구라 할 수 없다, 이건! 친구라면 클레망스처럼 그렇게 등 뒤에서 칼을 꽂을 수 없는 거다. 오히려 알리시아는 클레망스에게 최악의 일이 일어난 거라고 상상해서, 그 애를 불쌍히 여겼었다! 알리시아는 클레망스가 죽어 가는 줄로 생각했었다. 그런데 클레망스는 비열하고 파렴치했을 뿐이다. 알리시아는 그런 그 애를 신뢰했었다, 얼마나 큰 실수였나!

　알리시아는 좀비처럼 몸을 일으켰다. 아무 말도 하지 않았다. 할 수가 없었다. 입이 바짝 말랐다. 혀가 굳어 버렸다. 뇌는 아예 생각이란 걸 하지 못하게 했고, 간신히 걸음만 뗄 수 있게 해 주었다. 알리시아는 로봇처럼 클레망스 집의 현관 계단 네 개를 천천히 내려왔다. 지금 생각하면, 앞이 희미해서 발도 제대로 보이지 않았는데, 어떻게 넘어지지 않고 무사히 내려왔는지 그게 신기할 정도다. 틀림없이 잔디 위의 자갈 깔린 통로를 걸었을 텐데, 그것도 기억나지 않는다. 아무튼, 알리시아는 간신히 자전거를 붙잡았고, 안장 위에 올라탔다. 몸이 너무 지쳐서 움직일 수 없을 것 같았는데, 그래도 몸은 자전거 타는 법을 기억하고 있어서 집으로 향할 수 있었다.

　이제 알리시아는 구불구불한 좁은 도로를 빠르게 달린다. 분노가 힘을 엄청나게 증가시켜 준다. 페달을 밟을 때마다 자신에게 수천 개의 칼을 꽂아 고통을 준 사람에게서 조금씩 멀어진다. 예전에 하도 많이 다녀서 친숙해진 풍경이 차례로 지나가는데도 이제 더는 예전 같지 않고, 앞으로도 그럴 것을 상기시켜 준다. 이제 알리시아는 절대로 클레망스의 집에 발을 들여놓지 않을 거다, 그 배반자의 집에. 다시는 말도 걸지 않을 거다, 절대로.

알리시아는 자신을 갉아먹는 이 쓰레기 같은 감정을 완전히 털어 버리고 싶다. 그래서 할 수 있는 한 큰 소리로 울부짖기 시작한다. 그 소리가 자전거를 추월하는 자동차들의 부르릉거리는 소리와 뒤섞인다.

알리시아는 눈물이 뺨을 타고 흘러내리게 내버려 둔다. 그 외에 달리 무엇을 할 수 있을까? 자신이 너무나 무기력하게 느껴진다. 너무나 배신감을 느낀다. 너무나 더러워진 기분이다.

지금 알리시아가 바라는 건 오직 한 가지다. 자신을 위로해 줄 수 있는 단 한 사람, 아빠의 품에 웅크리듯 안기는 것. 아무 걱정 없는 어린아이로 다시 돌아가서, 모든 걸 잊고 잠이 드는 것. 하지만 아버지는 늦게 돌아올 것이다, 언제나 그렇듯이. 그리고 비록…… 비록 아버지가 집에 있다고 해도…… 그건 가능하지 않다. 알리시아는 클레망스가 자신에게 행한 그 치욕을 절대로 잊을 수 없을 것이다, 절대로.

사람들 대부분은 자신의 유년기가 언제 끝났는지 기억하지 못한다지만, 알리시아는 그날을 정확하게 알고 있다. 바로 오늘이다. 정확하게 19시 32분.

16.

몇 주 동안이나 알리시아는 경쾌함을 되찾지 못한다.

클로비스는 알리시아가 이전처럼 웃지 않는다는 걸 알아차렸다. 농담에도 간신히 미소만 지을 뿐이다. 클로비스는 그래도 열심히 농담을 건넨다. 그뿐 아니라 더 과장해서 말하기도 한다. 농담거리를 두 배나 더 연구하고, 알리시아가 어떤 반응을 보여도 쉽게 물러나지 않는다. 심지어 알리시아의 머리카락을 잡아당기는 장난도 한다. 식당에서도 옆자리에 있는 그 애의 눈 속에 아주 작은 불씨라도 되살아나고 있는지 항상 살핀다. 하지만 복잡한 알리시아의 마음은 늘 저 멀리 떠나 있는 것 같다. 진짜 알리시아는 없고, 몸만 여기 있는 것처럼. 클로비스는 알리시아가 무엇 때문에 그렇게 슬퍼하는지 궁금하다. 이전의 그 애는 아주 유쾌한 이웃이었다. 무기력한 스타일이 아니고, 오히려 단순하고 '적당히 열정적'이고, '자신을 드러내는 법 없이' 똑똑한 아이였다. 대체 무엇이 그 애를 그렇게 쇠약하게 만드는지 클로비스로서는 알 길이 없다 (혹시 가족 중에 상을 당한 사람이 있는 걸까?). 하지만 클로비스는 아무것도 묻지 않는다. 아직 사생활까지 파고들 정도로 충분히 친밀한 관계가 아니니까. 알리시아로 말하자면, 그 애는 속내를 털어놓지 않는다. 알리시아와 클로비스는 그저 교실에서 옆자리에 앉는 친구일 뿐이고, 학교 밖에선 한 번도 만난 적이 없다. 게다가 알리시아는 클로비스를 제외하고는 누구와도 관계를 맺지 않았다. 다른 애들은 너무 '아기' 같고, 재미없게 여겨졌다. 알리시아는 이번 학년, 자기 반이 지루하다. 그래서 공부 속으로 도망친다. 제발 이번 학년을 완전히 망치지만 않으면 좋을 텐데!

클로비스는 알리시아의 태도가 바뀐 걸 처음 알아차렸던 순간을 떠올린다. 자신이 떨어지려는 알리시아의 쟁반을 아슬아슬하게 잡아 줬던 그날의 점심시간, 쓰러질 뻔했던 알리시아를 붙잡아 줬던 그날. 그녀를 보건실까지 안고 갔던 그날. 클로비스는 알리시아가 어떻게 생각할지 몰라서, 가능한 한 그 일을 감추려고 했었다. 하지만 한 남자애가 한 여자애를 품에 안고 뛰어간 사건을 두고 수군거리는 소리는 곧 퍼져 나갔다.

그날 알리시아로 인해 클로비스가 느꼈던 두려움은 그날 이후로 그 애가 보여 주는 표정, 마치 죽은 사람 같은 그 무표정한 얼굴에 비하면 아무것도 아니었다.

알리시아는 이미 그전에도 교실에서 아무하고도 말을 하지 않았다. 클로비스에게조차 말을 걸지 않는다면, 그 갇힌 세계의 벽을 어떻게 밀고 나올 수 있단 말인가?

클로비스는 알리시아가 쓰러졌던 날에 대해 그 애에게 아무 말 하지 않았다. 하지만 알리시아는 결국 자신을 구해 준 '구원자'의 정체를 알게 되었다, 우연히.

반에서 가장 말이 많은 로맹이 속삭이듯 말을 걸어왔을 때였다.

"이봐, 너랑 클로비스 사이에 무슨 일이 있는 거야?"

'뭐? 우리가 교실에서 나란히 앉는다고 해서, 밖에서도 함께 있을 거로 생각한다는 거야? 흥, 넘겨짚어도 한참 넘겨짚었어.'

알리시아는 어깨를 한 번 으쓱했다. 쓸데없는 소리를 듣느라 낭비할 시간은 없으니까. 하지만 로맹은 장난꾸러기 같은 눈짓을 하면서 집요하게 파고든다.

"지난번에 식당에서 그 녀석이 너를 꼭 안고 갔잖아. 아, 정말 귀여웠어. 마치 새신랑이 자기 신부를 안고 가는 것 같았다니까……."

로맹은 큰 소리로 떠드는 자기 말에 스스로 들떠서, 클로비스가 뒤에 와 있는지도 눈치채지 못한다. 클로비스가 퉁명스럽게 그의 말을 중단시킨다.

"그 말을 하는 의도가 뭐야? 질투하는 거냐?"

로맹은 깜짝 놀라 황급히 도망친다. 알리시아와 클로비스가 진짜 커플이라고 확신하면서.

에고, 내 꼴이 말이 아니었겠군! 그래도 알리시아는 다른 애들이 어떻게 생각하든, 그런 건 신경 쓰지 않는다. 클로비스가 자신을 안고 뛰었다고 해서 얘랑 사귄다고 하든, 쟤랑 사귄다고 하든, 애들이 하는 말에 신경 쓰지 않는다. 기껏해야 애들이 별 뜻 없이 떠드는 소리일 뿐이니까. 그러나 그 사건은 알리시아의 생각을 정리해 주는 계기가 된다.

돌아보면, 개학 날 프랑스어 수업 시간에 거의 늦을 뻔해서 어쩔 수 없이 클로비스 옆자리에 앉았던 게 다행이라는 생각이 든다. 여름 방학 중에 이사 온 클로비스는 학교에 아는 사람이 아무도 없었기에 클레망스에 관해 애들이 하는 말을 들을 기회가 없었고, 클레망스와 알리시아가 단짝 친구 사이였다는 것도 알지 못했다. 그래서 알리시아를 불편하게 했을 질문을 한 번도 하지 않았다. 하지만 다른 아이들은 거침없이 그런 질문을 하곤 했다.

"어, 요새 클레망스와 무슨 일 있니?"

"왜 요즘 그 애랑 안 다니는 거야?"

"클레망스가 널 무시하는 거, 너무 힘들지 않아?"

그렇다, 그런 말은 정말 듣기 괴롭다. 다행히도, 클로비스와 함께 있으면 그런 말을 듣지 않아도 된다. 클로비스는 과거가 아닌, 현재라는 시간만을 살기 때문이다. 그것이 알리시아를 숨 쉴 수 있게 해 주었다.

17.

알리시아는 '미르티유 사건'을 더는 생각하지 않으려고, 전력을 다해 공부하면서 마음을 딴 데로 돌려 본다.

그래서 선생님이 숙제를 내주는 즉시 다 해 버리고, 수업 내용 전체를 완전히 이해할 때까지 속속들이 공부한다. 어린 병사처럼 쉬지 않고 전진하기, 좋은 성적을 내기 위해 공부에 몰두하기, 이런 일로 만족감 찾기……. 알리시아는 클레망스의 비열함을 잊기 위해 할 수 있는 모든 걸 다 한다.

모든 게 다 무너져 내린 날, 그날 이후로 알리시아는 남은 시간은 전부 독서를 하며 보낸다. 혹은 컴퓨터 앞에 앉아 있다. 오, 소설을 쓰기 위해서가 아니다. 그건, 끝났다! 이젠 글을 쓰고픈 의욕마저 없어졌다, 단 한 줄도. 키보드 위에서 몇 문장을 치기 시작하면, 내면 깊숙이 자리 잡은 공격적인 태도가 잔인한 언어로 바뀌어 마구 쏟아져 나올 거라는 걸 알리시아는 간파하고 있었다. 그렇게 되고 싶지 않았다. 복수심에 불타는 소녀가 되고 싶지 않았다. 절대로 증오에 찬 작가가 되고 싶지 않았다.

"토요일에 내가 경기하는 거 보러 올래?"

"어? 나한테 한 말이야?"

어두운 생각에 빠져 있던 알리시아를 클로비스가 끌어낸다.

"응, 토요일에 체육관에서 농구 시합이 있는데, 혹시 관심 있는지 물어본 거야. 내가 경기에 나가는데, 우리 가족은 아무도 올 수 없거든. 엄마는 할머니 댁에 가셔야 하고, 아빠 너무 멀리 계시고. 게다가 친구 놈들도 모두 올 수 없게 됐어. 혹시 넌 시간이 될까 해서 말이야……. 농구 관람하는 거 싫어하지 않으면."

경기를 보러 올 사람이 아무도 없다는 건 사실이 아니다. 클로비스는 거짓말을 했다. 다른 사람들에겐 아예 물어보지도 않았다. 제일 먼저 알리시아에게 데이트를 청하고 싶어서였다. 다른 뜻이 있어서가 아니다. 단지 알리시아의 기분을 바꿔 보려는 상냥한 계책일 뿐이다.

알리시아는 단번에 거절한다. 주말에 할 일이 산더미같이 있어서가 아니라, 사람들이 운동장에서 이리저리 뛰어다니는 걸 보는 게 그다지 재미있을 것 같지 않아서다. 2시간 동안 견디는 것도 힘들 텐데, 거기다 약간의 불운마저 더해지면(최근에 그녀는 불운을 끌어당기고 있다!) 바람까지 맞으며 앉아 있어야 할 판이다. 클로비스도 다른 때 같았으면 그러려니 하고 더는 권하지 않았을 거다. '고지식하고 재미없는 사람'으로 여겨지고 싶지 않을 테니까. 그러나 지금은 알리시아가 건강하지 못하다. 클로비스는 그걸 알고, 느끼고 있다. 농구 관람은 알리시아의 건강을 위해 그가 생각해 낸 유일한 방법이었다. 그래서 강권한다.

"다른 할 일이 뭐가 있는데?"

클로비스는 화까지 낼 기세다.

"다음 주엔 수시 평가도 없잖아. 더구나 네가 그랬잖아, 숙제도 벌써 다 해 뒀다고."

알리시아는 망설인다. 급소를 찔려서 할 말이 없어진 것이다.

"그러니까 꼭 와야 해. 네가 오면 기쁠 거야. 혼자라는 느낌이 들지 않을 테니까."

어느새 알리시아는 자기도 모르게 노트 여백에 농구공을 그리고 있다. 클로비스는 그걸 일종의 신호로 받아들이고, 다시 말한다.

"네가 관람석에 있으면, 널 놀라게 하고 싶어서 더 열심히 할 거야. 3점 슛을 쏠게."

알리시아의 입가에 옅은 미소가 그려지면서 결국 설득당하고 만다. 어쩌면 그 시합이 이번 주말을 덜 우울하게 만들어 줄지도 모르니까. 관람석에 바람이 불든 말든.

"좋아. 네 컨디션에 도움이 된다면, 그렇게 할게!"

알리시아가 마지못해 말한다.

관중석에서 소리 지르는 건 욕구를 발산하게 해 준다. 그런 분위기에서는 고함을 지르는 게 허락될 뿐 아니라, 권장되기까지 한다. 그러니 알리시아는 불편해하지 않아도 된다. 아닌 게 아니라 소리를 맘껏 질러서 우울한 기분을 떨쳐 낼 필요가 있다. 지금 알리시아는 슬픔을 확실하게 드러내서 떨쳐 내는 걸 극도로 자제하고 있기 때문이다.

*

한편, 클레망스는 늘 몸을 사린다. 학교에서도 계속 알리시아를 피해 다니는 중이다. 그래도 피해 다니는 게 예전보다는 훨씬 쉬워졌다. 알리시아도 클레망스와 마주치지 않으려고 애쓰기 때문이다.

그래서 클레망스는 숨을 좀 쉴 수 있게 되었다.

알리시아에 비하면, 클레망스에겐 새로운 환경에 적응하는 게 훨씬 쉬웠다. 자신의 악행을 알리시아에게 고백한 게 어떤 면에서 클레망스를 자유롭게 해 줬다고 할 수 있다. 클레망스는 마음이 훨씬 가벼워졌음을 느낀다. 확실하게 용서를 받은 건 아니지만, 그래도 잘못을 고백하고 나면 감당해야 할 죄의 무게가 절반으로 줄어드는 법이다. 물론 멍청한 짓을 한 건 사실이다. 그러나 그런 일은 어디서나 일어날 수 있는 일이고, 더욱이 그깟 일이 뭐 그리 대수인가! 친구에게 상처를 준 게 갈채 받을 만한 일은 아니지만, 그렇다고 언제까지나 자신을 채찍질하며 비난할 일도 아니다. 사실 인생이란 게 다 그런 것 아닐까……. 작은 도둑질 같은 건 항상 일어나는 일이다. 영화를 보면 그런 사건들이 차고 넘친다. 그런 건 수많은 소설에서도 짜릿한 재미를 준다. 더군다나 신문엔 그보다 더한 악행들도 많이 나온다. 사실 뭐, 사람을 죽인 것도 아니잖은가! 모든 상처는 결국엔 아물기 마련이다. 그러니 알리시아도 곧 그렇게 될 것이다!

18.

어느 화창한 겨울, 『지옥의 사람들』이 프랑스 문학계 안으로 들어온다. 여지없이 센세이션을 일으킨다. 노련한 베스트셀러 작가들의 질투심을 불러일으키며 수천 부가 팔려 나가는 책을 쓴 작가라면, 보통은 자기 자랑을 하기 마련이다. 클레망스가 한 것처럼 그렇게 자신을 감추려고 애쓰지 않는다.

대가를 감당해야 할 순간이 오기 때문이다.

이제 모두가 그 기적을 일으킨 주인공을 만나고 싶어 한다. 모든 기자가 '올해의 문학적 현상'을 만들어 낸 작가를 인터뷰하겠다고 난리다. 독자는 작가를 알 필요가 있다. 대체 그 어린 소녀는 누구란 말인가? 그녀는 평소에 무엇을 하며 시간을 보내는가? 그녀는 어떤 인생을 살고 있는가? 그녀는 언제 글을 쓰는가? 왜 이런 주제를 선택한 것인가? 그녀의 영감은 어디서 오는가?

그리고 그녀의 얼굴은! 독자는 작가의 얼굴을 알지 못하면 책을 읽을 수 없다. 자, 빨리 얼굴을 보여 달라!

엑셀랑스 출판사의 편집장 베릴 마시노가 클레망스를 설득해 보려고 시도한다. 먼저는 왓섭을 통해서(성과가 없었다. 클레망스는 이런 통보에 대답하지 않는다), 그다음엔 전화를 통해서. 편집장은 클레망스에게 계속 인터뷰의 필요성을 설명한다. 그러나 클레망스는 저항한다.

"난 말을 할 줄 몰라요……. 너무 소심해서…… 두려워요."

"인터뷰는 그렇게 어려운 게 아니야. 그저 묻는 말에 대답만 하면 돼요."

"배배 꼬인 질문을 하는 기자들을 많이 봤어요."

"작가님은 그냥 자기 삶을 이야기만 하면 돼. 그것보다 더 쉬운 게 어디 있어. 혹시 질문이 이해가 안 되면, 그냥 작가님이 하고 싶은 말을 하면 돼요."

"난 내 삶에 관해 이야기하는 거, 별로 안 좋아해요."

"미르티유, 그러지 말고 용기 내서 한번 해 봐요."

베릴 마시노는 물러서지 않는다. 하지만 점차 인내심을 잃기 시작한다.

"어쨌든 작가님도 책 판매에 협조하겠다는 계약서에 사인까지 했잖아."

"네? 정말요?"

"그렇고말고, 계약서를 다시 찬찬히 읽어 봐요. 7쪽에 있어. 밑에서 다섯 번째 줄에."

클레망스는 전화기를 내려놓고 나서 한동안 당황한다. 언제까지 계속 도망칠 수만은 없을 것이다. 자신도 알고 있다.

편집장이 암시한 것처럼, '파파라치에게 쫓기는 인물'이 될 위험을 안고 계속 숨어 살아야 할까? 아니면 『지옥의 사람들』의 판매 촉진을 위해 무대 앞으로 나서는 게 더 나을까?

베릴 마시노는 어린 소녀를 안심시키려고 다시 시도한다.

"독자들은 이미 작가님의 나이를 알고 있으니, 그 나이의 소녀가 자기 생각을 잘 표현하지 못하는 건 당연하다고 여길 거야. 오히려 십대 소녀의 서툴고 주저하는 모습을 더 좋아할 게 틀림없어요. 오히려 그걸 매력으로 여길 게 분명해."

처음엔 확실히 그럴 것이다. 하지만 클레망스는 남의 말에 쉽게 속는 애가 아니다. 언젠가는 기자들도 클레망스의 말 속에서 그녀의 본 모습을 샅샅이 알아내는 날이 올 것이다. 그리고 이 어린 작가가 인터뷰에서도 그 천재성으로 독자들의 마음을 사로잡아 주길 강력하게 바랄 것이다. 아무리 어릴지라도 그처럼 수월하게, 어색

함 없이, 풍부한 상상력을 갖고 글을 쓰는 작가이니, 단 몇 마디라도 특별한 말을 해 줄 거라고 기대할 것이다. 그녀의 말 속에서 그 재능을 볼 수 있을 거라고, 책에서 그랬던 것처럼 똑똑하고, 모두를 압도할 수 있고, 설득력이 있을 거라고 믿고 있을 것이다. 클레망스는 넋이 다 나갈 지경이다.

게다가 알리시아는? 클레망스가 텔레비전에 나와 거드름 피우며 말하는 걸 보면, 과연 어떻게 반응할까? 라디오에서 횡설수설하는 걸 들으면? 클레망스의 얼굴이 「독서」지의 커버에 나오는 걸 보면?

사실 알리시아가 제일 골칫거리다. 알리시아의 마음은 이미 황폐해졌다. 그러니 새삼스레 놀라며 절망하진 않을 것이다. 그럼 다른 사람들은? 다른 모든 사람은? 학교에서 클레망스와 함께 어울려 다니던 그 애들은? 같은 반의 새 친구들은? 거리에서 자주 마주치던 이웃들은? 버스 기사 아저씨는? 빵집 아주머니는? 미용실 아줌마는? 모두가 곁눈으로 힐긋거리고, 앞에선 늘 웃는 척을 하겠지. 클레망스의 삶은 지옥이 될 것이다. 『지옥의 사람들』! 미르티유는 기가 막힌 제목을 선택했다. 예감……했던 걸까……?

학교 친구들은 하나같이 마치 내가 자기들의 절친인 것처럼 떠벌릴 것이다. 겨우 얼굴만 알 뿐인 애들조차 자기들이 예전부터 클레망스를 좋아했고, 그때부터 능력을 알아봤다고 허풍을 칠 것이다. 그러면 클레망스는 과연 앞으로 누구를 신뢰해야 할지 모르게 될 것이다. 이 책으로 인해 이미 제일 좋은 친구를 잃었다. 그러니 여기에 더해 삶의 방향까지 잃는 일이 있어선 안 될 것이다.

『지옥의 사람들』? 사람들 속의 지옥이 될 판이다!

결정을 내리는 건, 언제나 고문이다. 그녀는 정말 그 역할을 짊어질 만한 어깨를 갖고 있는 걸까? 주변이 장터처럼 변하는 걸 어떻게 피할 수 있을까?

'이제 나의 학교생활은 완전히 변하고 말 거야!'

그 생각이 머릿속을 떠나지 않아 미쳐 버릴 것만 같다.

*

클레망스는 베릴 마시노와 통화를 한다.

"좋아요. 하지만 라디오 인터뷰만 할래요. 지금으로선."

자, 이걸로 때워 버리는 거다. 아무래도 목소리만으론 알아보는 사람이 많지 않을 거다. 그러니 노출도 덜 될 거다. 독자들은 그녀를 진짜 이름으로 부르지 않을 거고, 그녀는 미르티유라는 가명 뒤로 숨어 있을 거다. 그들은 그녀의 얼굴을 보지 못할 거다. 클레망스의 제안에 편집장은 마음이 누그러졌다. 그러면서 클레망스가 드디어 이성을 찾은 거라며 축하해 준다.

"그래! 내가 작가님을 지켜 줄 테니까! 그런데 진작 물어보고 싶었는데…… 두 번째 소설은 언제쯤 내놓을 생각이에요?"

"네? 두 번째 소설이요?"

"그럼! 쇠뿔은 단김에 빼라고 하잖아! 작가님이 평생 십대로 남아 있을 건 아니니까. 사람들은 작가님이 열세 살의 기적을 일으켰기 때문에 그 책을 사는 거라는 걸 잊지 말아요."

19.

뭐든 결국엔 알려지기 마련이다. 제대로 지켜지지 않은 비밀은 학교 울타리 안에서 눈덩이처럼 불어났다. 클레망스가 진즉에 눈치채고 두려워했던 대로, 그녀의 학교생활은 완전히 파헤쳐졌다.

클레망스가 다른 교실로 이동하기 위해 복도를 지날 때면, 학생과 교사들은 하나같이 그녀를 훑어보고, 관찰하고, 서로 귓속말을 하고, 때로 손가락으로 가리키기도 한다. 클레망스는 그들의 시선에 벌거벗겨지는 기분이다. 그들은 마치 머리 커트가 잘못되었거나 얼굴에 더러운 게 묻었거나 옷에 단추가 잘못 채워지기라도 한 것처럼 그녀를 뚫어지게 쳐다본다.

그들은 때로 미소를 짓기도 한다. 그리고 자주 질문도 해 온다.

가장 자주 듣는 질문은 이것이다. '그 라디오 방송국의 누구누구는 어땠어?' 그리고 곧이어 이런 질문이 이어진다. '그 돈으로 뭘 할 거야?'

클레망스의 대답은 늘 같다.

"난 열여덟 살이 되기 전엔 그 돈을 만져 보지도 못해."

그 말은 거짓이 아니다. 법이 그랬다. 클레망스는 성년이 되어야만 작가의 권리에 접근할 수 있다. 결과적으로 그 규칙이 클레망스에게 도움이 된다. 덕분에 '새 친구들' 가운데서 진짜 친구를 선별할 수 있게 해 줄 것이다. 돈 한 푼 만질 수 없는 유명인에게서 무엇을 얻을 수 있겠는가? 책을 쓴다는 것, 그건 좋다, 호감이 가는 일이다. 하지만 그건 축구 스타 같은 게 아니잖은가! 클레망스의 유명세가 친구들을 클럽에 들어가게 해 주거나 혹은 그들에게 최신 폰을 줄 수 없다면 무슨 이득이 있는가! 기껏해야 자기가 유명인을 알고 있다고 자랑하는 것만 할 수 있을 뿐이다. 그런데 유명인을 안다고 하자, 그래서? 물론 클레망스의 재능을 숭배하는 자들도 있다(오, 그들이 진실을 안다면!). 그런데 그보다 훨씬 많은 사람이 클레망스를 질투하고, 미워하고, 그녀의 모든 단점을 일일이 찾아내기 시작한다. 옷을 너무 못 입어, 코가 들창코라서 웃겨, 웃는 소리가 너무 커, 걔는 대체 자기가 뭐라고 생각하는 거야?

학교에서 클레망스의 눈길과 마주치길 피하는(그래서 어쩌다 마주

쳐도 얼른 지나치고 마는) 유일한 인물은 알리시아다. 그게 훨씬 낫다. 희생자 앞에 서지 않는 게 클레망스의 죄책감을 덜어 주니까.

쉽지 않다, '무례한 시선을 받으며' 사는 삶은. 하지만 그렇다고 단점만 있는 건 아니다.

클레망스는 지난 작문 시간에 식은땀을 흘렸다. 프랑스어 선생님은 그녀가 곤경에 빠지길 기다리는 게 확실했다. 웬일인지 클레망스의 숙제를 검사할 차례가 되자, 자신의 과제 앞에서 끝도 없이 시간을 끄는 게 아닌가! 말하자면 대충 보지 않는 거다. 단어 하나하나를 몇 번씩이나 검토하는 듯했다. 오, 세상에! 저러다 평균 점수도 못 얻으면 어떻게 되는 거지? 얼마나 망신스러울까!

'뭐라고? 20점 만점에 19점?'

스퇵 선생님이 과제물을 돌려주었을 때, 클레망스는 속으로 몹시 놀랐다.

하기야 어떤 교사가 그녀에게 그보다 낮은 점수를 줄 수 있을까? 어떤 프랑스어 교사가 감히 천재로 불리는 학생에게 7점을 줄 수 있을까? 스퇵 선생님은 자기 학생의 재능도 못 알아보는 사람이라는 비웃음 거리가 되고 싶지 않았을 것이다. 호오, 이게 웬 기적이람!

20.

집에서의 생활도 훨씬 편해졌다. 십대의 위기를 겪으면서, 그래서 식탁을 주먹으로 치면서 '난 너무 불행해! 우리 부모는 무능해! 그들은 나를 이해하지 못해!'라고 소리 지를 필요가 이젠 없다.

클레망스의 부모는 이전과는 비교도 안 되게 더 세심하게 딸을 배려한다. 그들의 딸은 그냥 딸이 아니라, 온 나라를 들썩이게 만든 천재가 아닌가! 그들은 딸이 너무 자랑스러운 나머지 뭐든 다 받아 준다. 적절한 유머를 섞어 가며 '이 정도쯤은 당연히 허락해 줘야지, 우리 딸은 그럴 자격이 충분하잖아'라는 말을 입에 달고 다닌다.

클레망스의 부모는 딸을 찬양하느라 입에 침이 마르지 않는다.

"그런 재능을 지금까지 어떻게 감추고 있었니! 넌 우리의 장점만 쏙 가져갔구나!"

클레망스의 아버지는 자부심 가득한 눈길로 딸에게 은근한 미소를 보이며 그렇게 말한다.

"정말 신의 깜짝 선물이지 뭐니, 사랑하는 내 딸!"

자신이 이런 유명 인사를 낳았다는 것에 감동한 어머니는 한술 더 떠서 그렇게 말한다.

그들은 친구, 동료들, 채소 가게 주인, 빵집 주인, 신문 판매인에 이르기까지 아는 사람 모두에게, 그리고 딸 이야기를 듣고 싶어 하는 사람 모두에게 '작가 딸을 낳은 사람들'이 누구인지 알려 주기에 바쁘다.

클레망스는 자주 거북한 기분을 느낀다. 사기꾼 증후군이랄까……. 아마도 남의 글을 훔친 자의 처지에선 아무것도 할 게 없고, 그럴 정신도 없고, 헤어나올 수 없는 덫에 빠진 기분일 거다. 때로 식은땀이 나기도 한다. 글쓰기 재능을 발휘해 주길 요구받을 때가 그렇다.

그렇긴 해도 클레망스는 그 어떤 경우에도, 또 누구와도 지금 누리고 있는 위치를 바꿀 생각이 전혀 없다, 눈곱만치도.

부모님의 눈에서 읽을 수 있는 행복과 그들이 딸의 모든 투정을 다 받아 주는 이 상황은 클레망스의 죄책감을 한순간에 지워 버리고도 남는다.

　애지중지 여김을 받고, 감탄의 대상이 된다는 건 얼마나 즐거운 일인가!

　클레망스, 그녀는 다른 모든 이들과 똑같은 사람이다. 그러니 그녀라고 행복할 권리를 갖지 말아야 할 이유가 어디 있을까?

21.

이제 클레망스는 유명인의 명성이 주는 만족감을 알게 되었다. 가장 좋은 점은 이름도 모르는 팬들로부터 선물을 받는 거다.

집으로 돌아가면, 새 삶을 사는 것 같다. 우선 학교에서 돌아오면, 매일 컴퓨터 앞에서 한 시간을 보낸다. 거기서 미르티유에 관한 메시지를 모두 읽는다. 마음에 얼마나 큰 위로가 되는지! 그 사이트에선 매일 축하 메시지들이 홍수처럼 쏟아진다.

베릴 마시노가 페이스북에다 소설『지옥의 사람들』을 위한 특별한 계정을 열어 주었다. 그리고 3개국어를 하는 비서 조르지나를 붙여 주어 운영하게 했는데, 그녀는 이 사이트를 활성화하고, 수많은 질문과 댓글에 답을 해 주고, 댓글들을 추려 내거나 정리하는 일을 했다. 당연히 그 일은 클레망스가 할 수 있는 게 아니다. 그건 온종일 매달려야 하는 일인 데다, 학생인 그녀는 공부에 집중해야 한다.

베릴 마시노는 올해가 가기 전에 클레망스가 두 번째 소설(새로운 베스트셀러, 그녀는 그럴 거라 확신한다)을 출판하길 바라고 있다. 그 일에 몰두하려면, 클레망스는 자유 시간을 가질 여유가 없다.

클레망스는 때때로 전자메일뿐 아니라, 조르지나로부터 커다란 봉투를 받기도 한다. 그 안에는 '미르티유 씨 앞'이라고 쓰여 있는 편지들이 한가득인데, 그것들이 모두 개봉된 채로 전달되는 걸 보면, 출판사에서 먼저 검열하는 게 분명하다. 비서는 편지들을 대충 훑어본 뒤에 가장 재미있고, 독창적이고, 감동적인 것들만 선별했다. 클레망스도 그것을 알고 있었으니, 비서의 도움을 받는 멋진 삶이 아닐 수 없다. 그랬다, 일단 방문이 닫히고 나면 학교에서 있었던 걱정거리들을 잊어버리는 것, 거기에 대해 누가 뭐라 할 수 있겠는가? 하루에 겨우 한 시간뿐이라고 해도, 다정한 편지들만 읽으면서 어린애처럼 순진한 세계에서 사는 그 시간을 클레망스는 가장 좋아한다. 학교에서 종일 긴장하며 지냈던 소녀에겐 평화로운 안식이 필요하다. 클레망스는 부드러운 고치실에 싸인 것처럼 아늑한 자기 방에서 더는 쫓길 필요 없이 존경만 받는다.

오늘 조르지나는 클레망스의 열정적인 팬들 가운데 한 명에게서 몹시 감동적인 편지를 발견했다. 대한민국에서 온 그 편지는 박희영이라는 소녀가 보낸 거였다.

한국인 소녀는 영어로 쓰지 않고, 일부러 프랑스어로 쓰는 수고까지 마다하지 않았다. 프랑스어를 열심히 공부했다는 걸 알 수 있었다. 그 편지는 사랑스럽다. 박희영은 서울에 있는 중학교에서 공부하고 있다고 한다. 클레망스는 지구 반대편에서도 자기 책이 읽히고 있다는 사실에 기분이 좋아진다. 그래서 메모지철과 파란색 볼펜을 찾아서 답장을 쓰기 시작한다.

며칠 후에 박희영은 자신이 우상처럼 여기는 작가로부터 손편지를 받게 될 것이다. 그러곤 너무 놀라 뒤로 넘어질 뻔하겠지.

*

아니나 다를까, 한국 소녀는 꿈을 꾸는 것 같았다. 미르티유! 자기가 그토록 좋아하는 걸작품을 써낸 소녀 작가 미르티유가 편지를 쓰다니! 자기에게! 지구 반대편에 사는 이름 없는 평범한 소녀에게!

박희영은 구름 위를 걷는 것 같다. 그녀는 그 행복이 어느 날 갑

105

자기 깨지길 원치 않는다. 그래서 좋아하는 작가에게 다시 또 편지를 보낸다. 그 편지는 이렇게 시작한다.

'작가님이 직접 손으로 쓴 편지를 받고 감동했어요. 내겐 너무나 큰 영광이에요. 그 친절함에 정말 감사드립니다.'

그러고 나서 희영은 약간 서투른 프랑스어로 자신이 페이지마다 느꼈던 감동을 모두 이야기한다. 진심을 담아서, 매우 섬세하게.

그래서 며칠 후에 그 편지를 받은 클레망스가 원하는 것은 딱 한 가지였다. 이처럼 가슴 뭉클한 감동을 주는 팬과 계속 이야기를 나누고 싶다는 소원. 하지만 편지를 보내고 답장을 받기까지 2주를 참고 기다린다는 게 너무 길고 불필요하게 느껴진다. 그래서 희영에게 전자메일로 편지를 주고받자고 제안한다. 그러면 두 소녀는 더 자주, 더 쉽게 대화를 나눌 수 있을 것이다.

한국인 소녀는 뛸 듯이 기쁘다. 이런 제안을 어떻게 거절한단 말인가! 수많은 독자 가운데서 그들의 아이돌과 편지를 주고받을 수 있는 자로 선택되었는데! 그녀는 '뽑힌 자'이다.

22.

클레망스! 지난해만 해도 특별히 관심 끌 게 없었던, 평범하기만 한 클레망스였다. 그 클레망스가 이제는 서로 차지하려고 안달하는 특별한 클레망스가 되었다. 이제 그녀는 모든 모임에 초대된다. 맥도널드에 가는 것도, 영화관에 가는 것도 제일 먼저 제안을 받는 건 그녀였다. 모두 와서 물었다, 함께 갈 시간이 있느냐고. 이처럼 모든 사람이 자기를 간절히 원하고 있다는 생각이 그녀를 도취시킨다.

물론 클레망스는 모든 초대를 받아들이지 않는다. 부모님이 이전보다 훨씬 더 많은 자유를 허용해 준 건 사실이지만, 그래도 그건 참아 주지 못할 것이다. 아직은 중학생에 불과한 딸이니까!

어쨌든 클레망스도 그건 원치 않는다. 그래서 선택을 한다.

친구들 모임에서 혹 그녀가 모르는 애들이 끼어 있으면, 그들은 어김없이 신기한 동물 바라보듯이 클레망스를 바라본다. 그리고 마치 자기들이 클레망스에 대해 이미 잘 알고 있는 것처럼 접근한다. 분명 처음 본 건데도. 클레망스는 그 애들이 자기한테서 뭔가를 기대하고 있다는 걸 느낀다. 하지만 그게 뭔지는 모른다. 클레망스가 재미있는 사람이길 원하는 걸까? 뛰어나게 똑똑하길 원하는 걸까? 스타처럼 멋진 말을 해 주길? 클레망스에겐 이렇듯 그냥 열세 살의 소녀로 있기가 쉽지 않다. 그저 즐겁게 노는 것만 생각하고 싶다. 하지만 그건 바람일 뿐, 실제론 조금도 긴장을 풀 수 없다. 절대로, 육체적으로도 정신적으로도. 항상 자세를 꼿꼿이 유지해야 하고, 유명인으로서 제 몫을 해야 하고, 기대를 저버리지 말아야 한다. 서툰 말 한마디는 금방 증폭되고, 왜곡된 채 부메랑이 되어 돌아올 수 있다. 헝클어진 머리 모양, 흐리멍덩한 시선의 사진 한 장이 즉시 인터넷을 타고 돌아다닐 수 있다. 거기에 설명이 붙고…… 해석이 붙고…… 그런 위험을 감수할 수 없다. 다른 사람들의 시선을 받으며 산다는 건, 결코 쉬운 일이 아니다.

*

어느 토요일, 다른 반 학생이 주최하는 파티가 열렸다. 그 학생은 자기 반이 아닌데도 클레망스를 초대하고 싶어 했다. 파티는 성대할 거라고 했다. 대저택에서 열리고, 먹을 것, 마실 게 넘쳐나고, 음악에 맞춰 춤도 추고, 모이는 사람도 아주 많고.

비록 즐기려는 생각으로 오긴 했지만, 클레망스의 마음은 썩 편치가 않다. 어느 순간 갑작스레 알리시아가 나타날까 봐 두렵다. 그러면 클레망스의 파티는 완전히 망치는 거다. 그래서 오랫동안 거실 문 쪽을 살핀다. 하지만 알리시아는 나타나지 않는다, 절대로. 휴우, 다행이다!

알리시아 대신 그 큰 문으로 들어선 사람은 멜키오르다. 이 멋진 저택 안으로, 그리고 클레망스의 삶 속으로. 그녀의 눈엔 멜키오르의 얼굴 주위에 광채가 둘린 것으로 보인다. 클레망스는 그것이 하나의 사인이라고 여긴다.

멜키오르는 그리 큰 편이 아니다. 사실 뛰어나게 잘생긴 것도 아니다. 오히려 그런 것과 거리가 멀다! 하지만 클레망스에게 말을 걸 때는 눈에서 빛이 반짝거린다. 멜키오르는 옷을 더럽히지 않게 냅킨을 가지러 갈 겸, 케이크 한 조각과 음료수 한 잔도 마시고 오자고 클레망스에게 제안한다.

"배 안 고파? 뭐 좀 먹을래? ……확실해? 여기 괜찮아?"

그렇다, 클레망스는 아주 괜찮다, 모든 게 아주 좋다.

멜키오르는 클레망스 옆에 바싹 붙어 앉는다. 그리고 많은 질문을 해 댄다. 하지만 클레망스의 생활이나, 장래 희망이나 유명세에 관한 그런 흔한 질문들이 아니다, 절대로. 그는 마치 아주아주 오랜만에 만난 친구처럼 그렇게 말한다. 누구에게나 하듯이 그렇게 스스럼없이. 멜키오르는 클레망스에 대해서 하나도 모르고 있는 게 분명하다. 그녀가 베스트셀러를 출판한 작가라곤 상상도 못할 거다. 그는 클레망스를 여느 아이들과 다를 게 없는 평범한 소녀로 생각하고 있다. 그러니 특별히 잘 보이려고 애쓰는 것도 없다. 클레망스는 항상 주목받아 오던 시선을 아주 오랜만에 더는 느끼지 않아도 되었다. 그래서 다시 '평범한 소녀'가 된다. 자유롭다. 여느 아이, 그 이상도 이하도 아니다.

멜키오르는 상냥하고 정중하며 친절하다. 또 열정적이기까지 하다. 에너지가 남아돌 정도로. 생에 대한 갈망. 매우 인상적이다. 클레망스의 말을 듣고 있을 때면 눈빛이 반짝거린다. 그들이 소파에 앉아서 이렇듯 다른 세상을 꿈꾸는 동안 얼마나 긴 시간이 흘렀을까?

처음엔 클레망스도 큰 소리를 내며 으하하하 하고 웃지 않으려고 꽤 애썼다. 철퍼덕 앉지도 않고, 마음에 쏙 드는 이 멜키오르에게 너무 딱 붙어 있지도 않으려고 주의했다. 의연한 태도 유지하기. 그녀의 태도는 나무랄 데가 없어야 한다. 클레망스는 자신에게 꽂히는 다른 아이들의 시선이 무겁게 느껴진다. 멜키오르와 자신에게 쏟아지는 시선. 다행히도 시간이 흐르면서, 마침내 아이들은 하나씩 고개를 돌리기 시작한다. 그들도 남을 쳐다만 보고 있는 게 지루해진 거다. 이제 자기들끼리 신경 쓰고 춤추는 게 더 재미있다. 히로인을 쫓는 게 잠깐은 즐겁지만, 결국은 별로 재미가 없다는 걸 알게 된다. 더는 어떤 시선도 클레망스를 훑어보지 않고, 마침내 편해진다. 적어도 클레망스는 그렇게 느낀다. 어쨌든 클레망스의 눈엔 이제 아무도 보이지 않는다. 멜키오르만 빼고. 대화를 이끌며 쉴 새 없이 말하는 멜키오르. 분명히 잘생긴 아이가 아닌데, 잘생긴 아이처럼 보이기 시작한다.

두근거리는 클레망스의 심장이 더 빨리, 더 힘차게 뛴다. 사람들이 자신에 대해 어쩌니 저쩌니 판단할 수 있다는 것 때문에, 혹은 자신의 삶에 비집고 들어올 위험이 있다는 것 때문에 사랑마저 피해 가야 할까? 언제까지 자제할 줄 아는 척해야 하는 걸까, 이렇게 풀어지고 싶은 기분인데도?

멜키오르는 클레망스를 많이 웃게 만든다. 그는 단순하고 호감이 가는 소년이다. 정말 싱그럽고, 정말 진실하다. 클레망스는 그와 생각이 잘 맞는다고 느낀다. 그래서 멜키오르의 말을 듣고 있는 게 즐겁다. 특히 그가 그녀를 바라보는 방식, 그러니까 오직 클레망스의 눈만 바라보는 게 너무나 좋다. 첫눈에 반한다는 것, 그런 게 정말 있다는 생각이 든다! 로맨틱한 소녀 클레망스는 이제 그걸 철석같이 믿는다. 전엔 그런 감정을 이렇게 경험할 수 있다는 걸 상상도 못 했었다. 그건 직접 경험하기 전엔 전혀 알 수 없는 거다.

멜키오르가 클레망스의 허리에 팔을 두르고, 그녀는 그의 어깨에 머리를 기댄다. 그러다 그의 품에 자신을 맡긴다. 이제 그녀는 온 세상에 그와 그녀, 단둘만 있는 것처럼 느낀다. 주위에 있는 다른 사람들은 더는 존재하지 않고, 그녀에겐 그들이 보이지 않는다. 그들은 이제 거기 없는 사람들이다. 멜키오르는 부드럽고 상냥하다. 확실히 그녀가 이제껏 만난 남자애들 가운데 가장 친절하다. 클레망스는 자신의 귀에 대고 달콤하게 속삭이는 그의 부드러운 목소리를 좋아한다. 멜키오르의 손에 잡힌 자신의 손이 뜨거워지는 그 느낌이 좋다. 클레망스는 사랑에 빠진 또래 여자애들과 똑같다.

누가 먼저 키스를 할까? 그? 그녀? 무슨 상관이람! 그들의 입술이 서로 닿는다. 클레망스의 인생에서 처음 해 보는 진짜 키스다.

그런데! 키스가 끝나자 멜키오르가 곧 몸을 일으킨다. 그는 떠나려고 한다. 벌써? 이렇게 빨리? 네 전화번호도 안 가르쳐 줬잖아? 아니, 내가 왜 전화번호를 줘야 해? 다시 전화할 것도 아니잖아. 다 이런 거지 뭐. 서로 좋은 시간 보냈잖아.

아름다운 저택의 벽들이 한순간에 어두워진다. 클레망스는 어떤 표현도 할 수 없다. 송곳으로 가슴을 찌르는 듯한 고통에 대해 아무 말도 할 수 없다.

그녀는 외투를 집어 들고, 눈물을 삼키며 집까지 달려간다. 그녀가 어떻게, 뭘 할 수 있을까? 두 다리는 가까스로 그녀를 지탱한다.

클레망스는 바위처럼 무거운 몸을 침대 위에 무너지듯 쓰러뜨린다.

멜키오르는 여전히 매혹적인 미소를 지녔지만, 문을 나가면서 말하던 때의 눈길은 너무나 파렴치했다.

"내게 '못생긴 놈'이라는 별명을 붙여 준 친구 놈들과 내기를 했지. 내가 우리 학교 스타를 꼬셔 보겠다고!"

어쩌면 그렇게 야만적일 수가 있을까?

그녀가 홀딱 반했던 멜키오르가 실제로는 그렇게 비열한 개자식이었다니! 그렇게 날 이용해 먹다니! 사기꾼 자식. 저질 중의 저질인 쓰레기 같은 자식. 이제 클레망스는 누구를 의지할 수 있을까? 그렇게 부드럽고 상냥한 말과 손짓과 목소리로 거짓말을 할 수 있다고?

클레망스는 멜키오르에게 마음을 활짝 열 준비가 되어 있었다. 못생긴 애였는데도 불구하고, 정말 못생겼는데도 불구하고. 사람이 어떻게 하면 그렇게 잔인할 수 있을까? 클레망스는 그저 '놀림감'에 지나지 않았다. 비열하고 상스러운 내기. 그래서 멜키오르, 그 자식은 뭘 얻었단 말인가? 농구화 한 켤레? 땅콩 한 봉지? 친구들의 환호와 갈채가 남에게 이토록 큰 상처를 주면서까지 얻을 가치가 있는 걸까?

클레망스는 다시는 누구도 신뢰하지 않겠노라고 마음먹는다.

23.

클레망스는 완전히 마음을 닫았다. 이제 어떤 사람도 믿지 못한다. 특히 지나치게 미소를 보이며 다가오는 사람들을. '모두가 위선자들이야!' 클레망스는 그들을 증오한다.

학교는 간다. 그건 의무니까 어쩔 수 없다. 그곳을 벗어날 순 없다. 하지만 더는 학년 초처럼 그렇게 즐겁게 느껴지지 않는다. 클레망스는 되도록 학교에서 말을 많이 하지 않는다. 이제 더는 자기 생활에 관해 아무 말도 하지 않는다.

그러자 클레망스에게서 등을 돌리는 애들이 생긴다. 그들에게 줄 흥미로운 것이 이제 더는 없기 때문이다. 왜냐하면, 클레망스는 그들에게 그녀의 유명세를 대리로 경험하게 해 주지 못하기 때문이다. 해 볼 만한 가치가 없는 게임을 뭐하러 계속하는 척할 필요가 있는가?

클라리스와 나미아는 여전히 친구로 남아 있다. 하지만 학년 초부터 함께 어울려 다녔던 타이스와 소피안, 리상드르, 디에고는 멀어지는 쪽을 택했다. 클레망스는 예전에 그렇게 친했던 친구들이 무슨 이유로 이제 자기에게 말도 걸지 않는지 알 수 없다. 그이유는 아마 영원히 모를 것이다.

다행히도 모든 게 지나가고, 모든 게 시들해지고, 결국 모든 게 정상으로 돌아온다.

길었던 학기 후에 짧은 방학이 이어진다.

한 가지 화젯거리가 지나가고 나면 다음 화젯거리가 나타난다.

클레망스는 더는 아이들의 시선을 집중시키지 못한다.

그래도 프랑스어 성적은 여전히 훌륭하게 나온다.

살다 보면 예기치 못한 깜짝 놀랄 일들이 일어나는 법이다. 그리고 클레망스는 그 예기치 못한 일도 잘 지나갈 것이다.

4월. 클레망스는 이미 지나간 잘못이 생각지도 못한 두려운 결과를 가져오리라곤 생각도 못 했다. 남의 정체성을 탈취한 사건도 이제는 영원히 해결된 거로 보였다. 적어도 그녀의 머릿속에서는 그랬다. 미르티유와 그녀는 어느덧 하나가 되어 있었다.

그런데 학교에서 돌아온 어느 날 저녁, 불길한 소식이 그녀를 정면에서 후려갈겼다.

클레망스는 언제나처럼 현관에 가방을 내려놓은 후, 소다수 한 잔을 가득히 마시고, 페이스북에 빠져든다. 쿠키 한 봉지를 손에 쥐고 겉봉을 죽 찢은 다음 소다수 옆에 펼쳐 놓는다. 그리고 찬사로 가득한 메시지들을 읽으며 즐겁게 시간을 보내고 나서 메일함을 열어 본다.

그중 메일 하나가 특별히 주의를 끈다. 발송인의 이름을 읽는 순간, 숨이 탁 멎는 것 같다. 가슴이 벌렁거린다. 심장이 최대 속도로 뛰기 시작한다. 금방이라도 터질 것 같다.

클레망스는 '진짜 미르티유'라는 발송인의 메시지를 클릭한다.

메일은 아주 간략하다.

곧 내 편지를 받게 될 거야!

그게 전부다.

이게 다야? 너무 짧잖아! 클레망스는 그 문장을 세 번, 네 번 읽어 본다. 글자들이 희미하게 보인다. 다른 문장을 빼먹고 읽었나? 천만에. 스크린 위에 검은 글씨로 쓰여 있는 건 분명히 열 개의 글자뿐이다.

열 글자, 그게 전부다. 간결하지만 기분 나쁜 예감을 담고 있는 이 열 글자는 오늘 밤 클레망스를 잠들지 못하게 할 것이다.

그다음 상황은 이렇다.

딸의 태도가 주말부터 엄마를 불안하게 만든다.

"클레망스, 왜 아무것도 안 먹니? 배 안 고파?"

"괜찮아요."

"온종일 아무것도 안 먹었잖아."

"배가 아파서 그래요. 조금 있으면 괜찮아질 거예요."

하지만 괜찮아질 일이 아니다.

그게 어떻게 그냥 지나칠 수 있는 일일까? 진짜 미르티유가 깨어난 거다. 진짜 미르티유가 자기 것을 도둑질해 간 자의 흔적을 마침내 찾아낸 거다. 그러니 클레망스를 이렇게 쉽게, 빨리 놓아줄 리가 만무하다. 클레망스가 미르티유 입장이라면, 자기도 그렇게 할 것이다. 미르티유 역시 자기 것을 훔쳐 간 도둑에게 해명을 요구할 게 뻔했다. 하지만 클레망스라면, 이처럼 수수께끼 같은 단 한 문장을 보내는 식으로 빙 돌려서 이야기하진 않을 거다. 아마 솔직하게 자기 뜻을 분명히 밝힐 거다. 클레망스라면 이렇듯 조마조마한 심정으로 기다리게 만들어서, 독을 한 방울씩 똑똑 떨어뜨리는 거나 다름없는 이런 악마 같은 짓은 하지 않을 거다. 대체 미르티유는 내가 어떻게 하길 기대하는 걸까? 내게 뭘 요구할까?

공포 영화보다 더 끔찍하다.

118

이제 클레망스는 손에서 휴대폰을 내려놓지 못한다. 주머니에서 진동 소리가 나면 즉각 폰을 열어 본다. 그리고 새로운 메시지가 올 때마다 소스라치게 놀란다. 진짜 미르티유가 보낸 협박 문자일까 두려워서.

클레망스는 자기 삶 속에 막 모습을 드러낸 이 수수께끼 인물의 의도를 빨리 파악하고 싶어 미칠 지경이다.

스크린에 편지봉투 아이콘이 나타날 때마다 클레망스의 심장은 두방망이질을 치기 시작한다.

이제 클레망스는 밤낮으로 컴퓨터를 켜 두고 있다. 잠도 잠깐잠깐 토끼잠을 잘 뿐이다. 눈가엔 다크서클이 내려앉았고, 몸무게도 금방 2킬로나 줄었다. 물론 몸무게 주는 거야 재앙이 아니다. 그녀는 조금 더 마른 몸매를 원하니까. 하지만 줄어든 몸무게가 무엇을 뜻하는지 알고 있다. 이건 긴 공포 시리즈의 시작에 지나지 않는다는 뜻이다. 클레망스는 곧 가파른 비탈길 위에 서 있게 될 거다. 그러니 더는 아무것도 삼킬 수 없는 게, 어디 그녀 탓이겠는가?

24.

첫날 이후로 길고 긴 나흘이 지났을 때, '진짜 미르티유'로부터 새 편지가 도착한다.

"드디어!"

클레망스가 외친다.

정말 기뻐서일까? 클레망스는 알고 있다, 그 메시지가 분명히 좋은 소식을 담고 있지 않다는 걸. 하지만 적어도 결정은 내릴 수 있게 해 줄 것이다. 자신이 잡아먹힐 거라는 걸 알고 있을 때는, 그나마 최악의 상황에 대한 마음의 준비라도 할 수 있으니까.

보내는 사람 : '진짜 미르티유'가 클레망스 루스탱에게

제목 : 널 지켜보고 있어

친애하는 성공한 작가에게

안녕!

성공할 만하지. 네 책은 아주 탁월하니까. 당연해, 왜냐하면 알다시피 그 책의 작가는 바로 나니까 말이야. 네가 한 행동은 절대로 정직한 게 아니야, 안 그래? 불쌍한 여자애에게서 강탈하는 것, 그것도 일말의 죄책감도 없이……. 난 네가 이 편지 때문에 잠을 잘 수 없길 바라. 아니면 네 꿈을 온통 악몽으로 만들거나.

미르티유는 자신의 예언이 벌써 정확하게 들어맞았다는 걸 알고 있을까? 그래, 그녀는 이미 그럴 거라고 상상하고 있을 게 분명하다. 아닐까?

클레망스는 자문해 본다. 미르티유는 이번에도 여전히 클레망스에게 요구하는 게 없다. 자기가 클레망스의 진실을 알고 있다는 것만 알렸을 뿐이다. 자신의 원고를 누가 가로챘는지 알고 있다고. 그래서? 그게 어쨌다는 거지? 그걸 알고 있든 말든 지금 와서 미르티유가 할 수 있는 건 아무것도 없다. 과연 무엇을 요구할 수 있겠는가? 알리시아도 클레망스가 자기 이름으로 계약서를 썼다는 걸 알았을 때, 아무것도 할 수 없었다, 안 그런가! 알리시아는 미르티유보다 더 영악한 애다! 그런 애조차 이 승부에 아무런 흠집도

내지 못했다. 자기가 질 수밖에 없다는 걸 너무나 잘 알고 있었으니까.

그래도 어쨌거나 미르티유는 아직 클레망스랑 해결할 일이 있다. 미르티유는 이번엔 한 시간의 유예밖에 주지 않았다. 같은 날 두 번째 메시지가 클레망스의 스크린에 나타난 것이다.

보내는 사람 : '진짜 미르티유'가 클레망스 루스탱에게
제목 : 어떤 범죄도 대가를 치르지 않고 그냥 넘어가는 법은 없어, 안 그래? 그걸 알아야지.

내게 꺼림칙한 질문 하나가 있는데, 대답해 줄래? 부탁해.

이 사건이 일어난 초기부터 내 머리에서 떠나지 않는 질문이라서……

대체 어떻게 내 원고를 손에 넣을 수 있었지? 난 복사도 하지 않았는데. 그건 아직도 내 컴퓨터 안에 따끈따끈하게 저장되어 있는데 말이야. 게다가 난 아직 그 책을 채 끝내지도 않았어. 내가 그 책을 서점에서 발견했을 땐 89번째 장까지밖에 쓰지 않았을 때였거든.

처음에 난 그것이 내 책인 줄도 몰랐어. 왜냐하면 네가 아주 능란하게 원 제목을 바꿨으니까. 하지만 고백하는데, 네가 만든 제목이 더 낫더라.

다시 내 소설 이야기로 돌아오자면, 넌 내 문체를 그대로 유지하면서 그 책을 완성했어, 안 그래? 넌 꽤 머리가 좋더구나! 정말 칭찬해 주고

싶어.

하지만 부탁해. 어떻게 이런 놀라운 일을 할 수 있었는지 말해 줘. 내겐 정말 미스터리거든. 어떻게 내 원고를 손에 넣을 수 있었지?

서명 : 진짜 미르티유

클레망스는 대답할 생각이 조금도 없다. 그녀에겐 텔레비전에서 경찰에 관한 탐방기사들을 보면서 얻은 교훈이 있다. 범죄자들이 곤경에서 벗어나는 최선책은 용의자가 되어도 절대로 입을 열지 않는 거였다. 늘 그랬다. 그들은 한결같이 이렇게 말했다. "내 변호사 없이는 한 마디도 안 하겠소." 시간을 벌기 위해서다. 하지만 막상 변호사가 옆에 나타나도 그들은 여전히 아무것도 고백하지 않는다. 끝까지 부인해야 한다, 심지어 증거물 앞에서도. 만일 경찰들이 증거물을 찾지 못하면, 결국엔 용의자를 풀어 줘야만 한다. 클레망스가 하려는 일도 바로 그거다. 그녀는 미르티유가 지쳐 떨어져 나가길 기다릴 참이다.

클레망스는 미르티유가 이렇게라도 불편한 심기를 자기에게 표현할 필요가 있다는 건 충분히 이해한다. 그러니 이렇게 클레망스에게 편지로라도 위협하는 것이 미르티유에게 위안이 된다면, 그렇게 하라고 두자. 하지만 그녀는 절대 아무것도 증명할 수 없을 거다. 그래서 클레망스는 결국 다시 평안을 되찾게 될 거다.

'내가 답장을 쓰면, 그건 내가 한 일을 시인하는 게 되잖아.'

더군다나 클레망스는 자기가 남의 원고를 훔쳤다는 걸 절대로 글로 남기고 싶지 않다.

게다가 뭐라고 답장을 쓰겠는가?

타임머신을 타고 미래에 다녀왔다는 이야기를 할 순 없지 않은가!

'그 말을 하면 미르티유는 내가 자기를 갖고 논다고 생각할 거야. 발뺌을 하려고 말도 안 되는 헛소릴 한다고 하겠지. 아마 이럴지도 몰라. '원고를 빼앗아 간 거로 모자라서 이젠 날 바보 취급까지 해?' 만일 모욕까지 받았다고 느끼면, 더 앙심을 품고 달려들 거야! 날 먹잇감으로 보고 아예 놔주지 않으려고 할 테지. 그렇게 되면 내 인생은 정말 끔찍한 악몽이 되어 버리는 거야!'

이런 생각들이 클레망스의 머릿속에서 끊임없이 되풀이된다. 클레망스는 늦은 밤까지 그 생각을 하고 또 한다. 이전의 삶도 다시 떠올려 본다. 그녀가 정점에 있었을 때, 창공의 별이었을 때를. 사람들이 격찬하며 그녀를 우러러보던 때. 그때 그 삶을 더 소중히 여기고, 최대한 이용했어야 했다! 왜냐하면, 지금은 클레망스의 머리 안에 먹구름 같은 불안과 염려만 쌓여 가고 있기 때문이다.

후드득 떨어지기 시작하는 비는 머지않아 클레망스의 머리 구석 구석까지 억수같이 쏟아질 것이다. 클레망스는 그걸 알고, 또 느끼고 있다. 그녀가 능숙하게 헤쳐 가지 않으면, 꽤 오랜 시간 '장맛비'를 맞으며 살아갈 위험이 있다.

이제 모습을 드러내기 시작한 폭풍우를 앞으로 어떻게 피해 갈 수 있을까?

제일 먼저, 미르티유를 어떻게 떼어 버릴 것인가? 이런 식으로 클레망스를 악착스럽게 따라다니는 게 아무 쓸모 없다는 걸 어떻게 이해시켜야 할까?

'맞아, 알리시아를 고발하면 돼! 그래, 솔직히 말해서 실제로 그 원고를 훔친 건 그 애잖아!'

그렇다! 만일 잘못을 다른 누군가에게 돌리면, 클레망스는 평온해질 것이다.

'그러니까 난 이중의 막 뒤로 숨는 거야. 어쨌든 편집장과 접촉했던 건 나고, 계약서도 내 이름으로 되어 있잖아.'

어느 순간, 클레망스는 후회가 된다.

'아! 그 원고를 보내지 않았더라면 얼마나 좋았을까. 그러면 나 대신 알리시아가 그 일을 했을 텐데. 그리고 오늘처럼 이런 골치 아픈 문제를 당하는 것도 그 애일 텐데. 그러면 미르티유도 그 애에게 설명을 요구하며 따졌을 텐데.'

비록 아무 반응도 하지 않고, 아무 답도 하지 않겠다고 결정했지만, 클레망스는 그 후로도 며칠 동안 그 생각을 안 할 수가 없다. 미르티유의 그림자는 클레망스의 모든 행동에서, 모든 생각에서 그녀를 따라다닌다. 지금 클레망스는 미르티유를 먹고, 미르티유를 걷고, 미르티유의 꿈을 꾼다(그보다는 악몽을 꾼다고 하는 게 맞겠다).

하지만 미르티유에겐 증거가 없다. 클레망스는 그걸 알고 있다. 증거도 없는데 어떻게 증명할 수 있겠는가!

'미르티유의 원고가 미처 완성이 안 된 상태였다는 걸 보면, 그 애는 전에 원고를 보낸 적도 없고, 어떤 편집장에게도 보여 준 적이 없었던 게 확실해……. 미르티유는 자기가 그 책을 썼다는 걸 증명할 수 없을 거야. 기껏해야 그 책의 앞부분만 보여 줄 수 있겠지. 그래 봤자, 이미 출판된 책을 베껴 쓴 거라고 몰아치면, 그 애로선 아니라고 증명할 수 있는 게 없잖아? 예를 들면 알리시아처럼. 그 애도 그 책을 스캔했으니까!'

클레망스는 분석한다.

완전히 말과 말의 싸움이 될 것이다. 이렇게 생각하니, 자기 결정에 확신이 생긴다. 클레망스는 꿈쩍도 안 할 것이다. 계속 답이 없으면 미르티유는 메일 주소를 잘못 알았다고 생각할 거고, 자기

메일이 상관도 없는 엉뚱한 사람에게 보내졌다고 생각할지도 모른다. 그러면 클레망스를 괴롭히는 짓도 멈출 수밖에 없을 것이다. 반응이 없는 자에게 계속 말을 하다 보면, 결국 지쳐 떨어지기 마련이니까.

25.

전략적 착각! 왜냐하면, 닷새 후에 미르티유로부터 더 신랄하고 더 위협적인 메시지가 왔기 때문이다.

보내는 사람 : '진짜 미르티유'가 클레망스 루스탱에게

제목 : 유감이지만 넌 실수한 거야

도둑질한 거로도 모자라서, 이번엔 비겁하기까지? 넌 많은 장점을 가진 애잖아, 안 그래?
넌 내게 답을 했어야 해. 그리고 사과하고 용서를 구했어야 해. 그렇게 행동한 것에 대해 그럴듯한 이유를 설명해야 했다고! 그랬으면 나도 이

일을 없었던 일로 돌렸을지도 몰라. 내가 요구한 건 그저 설명을 해달라는 거였어. 난 이 이해할 수 없는 사건을 이해할 필요가 있단 말이야. 그런데 넌 계속 어둠 속에 남아 있기를 택했지. 풀리지 않은 내 의문과 함께……. 넌 한 사람을 무자비하게 땅에 묻어 버려 놓고, 그 사람이 손짓하는데도 한 발자국도 다가오길 거부했어. 난 네게 약간의 배려만 구했을 뿐인데 말이야, 안 그래?

넌 지금 네가 세상에서 제일 똑똑한 사람인 줄 알고 있지만…… 천만에! 이제 넌 나의 복수를 맛보게 될 거야.

서명 : 진짜 미르티유

클레망스의 몸무게가 또다시 2킬로 줄어든다. 낯빛이 점점 창백해져 간다. 두 뺨이 푹 패이기 시작한다. 눈초리는 점점 날카로워진다. 어떻게 하면 정신없이 돌아가는 이 기계를 멈추게 할 수 있을까? 다시 뒤로 돌아갈 수만 있다면 좋을 텐데.

'왜 알리시아는 하필 내게 이 원고를 읽게 했던 거야?'

클레망스는 어떻게 반응해야 할지 모른다. 차마 누구에게 도움도 청할 수 없다. 자기 딸이 천재라고 굳게 믿는 부모님에겐 더더욱. 자기 딸이 남의 영광을 가로챈 아이라고는 단 1초도 상상하지 못했을 부모님에게는 절대로. 다른 누구에게도, 더군다나 알리시아에겐 더 못 한다.

클레망스는 혼자이다. 그녀는 비밀 속에 점점 매몰되어 간다.

*

보내는 사람 : '진짜 미르티유'가 클레망스 루스탱에게

제목 : 사냥이 시작되었다, 꼭꼭 숨어라!

널 찾는 건 어렵지 않을 거야. 난 너에 관한 기사는 모조리 다 읽을 작정
이거든. 네가 나갔던 라디오 프로그램도 모두 다시 들어 볼 거야. 그러
다 보면 네가 너도 모르게 널 드러내고, 어디 사는지 알 만한 단서를 내
준 순간들이 분명히 있을 거야, 안 그래? 난 네 메일 주소를 찾는 데 성
공했어. 그건 아주 쉬웠지. 네 편집장에게 물어보는 거로 충분했거든.
그 여자는 너에 대해 할 말이 아주 많더라. 그건 너도 알 거야, 안 그래?
곧 또 편지를 받게 될 테니, 기대해.
진짜 미르티유로부터 독이 든 입맞춤을.

클레망스의 얼굴이 창백해진다. 너무 멀리 와 버렸다. 기계가
과도하게 폭주하고 있다. 이제 클레망스는 확신한다, 단두대의 칼
날이 곧 떨어질 거라는 걸. 하지만 언제, 어디서? 그리고 어떤 식

으로?

만일 미르티유가 정말 복수하겠다는 열망으로 클레망스의 주소를 손에 넣는다면, 그 애는 더 악한 짓도 할 수 있을 거다. 자기 처지가 밑바닥이라고 여긴다면, 더 잃을 것도 없다는 생각에서 클레망스를 죽이러 집에 찾아올 수도 있다. 미르티유의 상상력이 얼마나 놀라운지는 그 애가 쓴 『지옥의 사람들』이 이미 증명했다. 그러니 미르티유는 클레망스에게 가장 끔찍한 고통을 준 뒤에 죽일 수도 있다.

클레망스는 썩은 악취를 풍기는 걸레 더미 위에 결박된 채 지하 감옥 안에 갇혀 있는 자신이 벌써 눈에 보이는 듯하다. 우웩! 그 순간 그녀의 등골이 오싹해진다!

그리고 새로운 악몽들이 나타난다.

26.

클레망스는 이제 어디서도 안전하지 않을 것이다, 절대로.

누가 그녀를 보호해 줄 수 있을까? 클레망스가 화려한 스포트라이트 속에 들어온 후, 자기 딸을 새 시대의 천재로 생각하고 있는 부모님은 결코 보호자가 아니다. 딸이 실제로는 아주 파렴치한 아이라는 걸 알게 되었을 때, 몹시 실망하지 않을까(틀림없이 실망할 것이다)? 거짓말쟁이! 사기꾼! 심지어 딸을 내쫓아 버릴지도 모른다. 그들의 말이 옳다. 클레망스는 부모님의 기대를 배반했다.

구원은 어디서 올 수 있을까?

누구에게서도, 어디서도 없다!

세상 모든 사람을 우롱한 배신자를 누가 도우려고 할까?

클레망스는 자기밖에 의지할 수 없다. 그러나 겨우 열세 살 소녀가, 자기를 둘러싸고 있는 세상에 대해 배우고, 알아야 할 게 더 많은 아이가 어떻게 자기를 방어할 수 있을까? 클레망스는 세상이라는 기계를 돌리는 수많은 톱니바퀴 중 만분의 일도 모르지 않는가!

그녀는 혼자다. 졌다. 끝장났다.

클레망스는 베릴 마시노에게 전화를 건다.

"여보세요, 미르티유? 잘 지내지?"

"별로요. 지금 좀 아파요."

"얼른 건강해지길 바라요. 계속 작가님의 두 번째 원고를 기다리고 있는 중이니까."

"물어볼 게 있어서요."

"뭔데? 말해 봐요."

"내 신상 정보를 누구에게 알려 줬나요?"

"작가님의 신상 정보?"

"네, 내 메일 주소요."

"아니, 아무에게도 안 알려 줬어. 그게 무슨 소리야?"

"정말이에요? 확실해요?"

"1년 전에 끔찍한 사건이 있었던 후로 우리 출판사엔 절대적인 규칙이 생겼어요. 작가들에 관한 정보는 절대로 밖으로 새어 나가게 하지 않는다는 거."

"어떤 사건인데요?"

"3년 전 일인데, 한 작가가 자기 집 아래서 어떤 '광적인 팬'의 칼에 찔린 일이 있었어. 그 후로 팬들은 페이스북 계정으로만 작가를 접촉할 수 있게 했지. 그리고 그 계정도 아주 엄격하게 검열하고 있고. 뭔가 의심이 가거나 문제를 일으킬 것 같은 사람들은 미리 알아서 퇴장시키고 있어. 조르지나가 하는 일이 바로 그거야. 작가님, 그러니까 작가님은 아주 '안전'해요. 작가의 메일 주소가 알려지는 일은 절대 없어!"

클레망스는 전화를 끊는다. 마음이 어지럽다. 베릴 마시노가 거짓말을 한 걸까……. 아니면 정말로 미르티유에게 메일 주소를 건네지 않은 걸까……. 만일 편집장이 메일 주소를 건넨 게 아니라면, 미르티유는 대체 어떻게 클레망스의 메일 주소를 알아냈을까? 미스터리다!

그때 클레망스의 머릿속에 퍼뜩 떠오르는 사람이 있다. 한국인 팬. 그녀와 편지를 주고받게 된 건, 클레망스가 직접 주소를 주었기 때문이다. 클레망스가 먼저 자진해서 주었다! 그 외의 다른 팬들에게선 한 번도 메일을 받아 본 적이 없다.

소포로 말하자면, 클레망스에게 직접 배달된 적은 한 번도 없다. 모든 걸 항상 출판사를 통해 전달받는다. 그러니 어떤 팬도 그녀가 어디 살고 있는지 모른다.

그렇다면 박희영이 메일 주소를 노출한 걸까?

클레망스는 희영에게 처음 메일을 보냈을 때, 그게 위험할 수도 있다는 건 꿈에도 생각하지 못했다. 게다가 '미르티유'의 이름으로 가짜 주소를 만들지도 않았다. 그냥 자기가 평소에 쓰는 메일 주소를 자연스럽게 사용했다. 그러니 그 한국인 팬은 사실상 미르티유가 아니라 '클레망스 루스탱'이라는 낯선 소녀로부터 메시지를 받은 거였다. 미르티유와 클레망스 루스탱이 동일인물이라는 걸 희영이 알고 있는 이상, 그 사실을 아는 사람이 또 있진 않을까? 그 한국인 팬이 누구에게 메일 주소를 알려 줬을까?

'만일 희영이 인터넷에서 내 이야기를 했다면, 난 완전히 빼도 박도 못하는 덫에 걸려 버린 거야!'

클레망스의 얼굴이 하얗게 질려 버렸다.

'그 애가 정말 한 번이라도 나에 관해 입을 열었다면, 그 말은 인터넷 안에서 눈덩이처럼 불어났을 거야! ……하지만 설령 희영이 내 주소를 퍼뜨렸다고 해도, 그건 한국에서 일어난 일인데…… 혹시 '진짜 미르티유'가 한국어에 능통한 데다, 서울에서 살고 있다면?'

그 순간 클레망스의 머리가 멍해진다. 그녀의 정체 폭로가 세상

135

의 반대편에서 일어난 거라면, 그야말로 이건 끝장이다!

'잠깐, 희영인 프랑스어를 할 줄 알잖아. 진짜 미르티유는 분명히 프랑스에 살고 있을 거야. 오, 젠장! 정말 미치기 일보 직전이네! 당장 인터넷에서 확인해 봐야 해!'

클레망스는 신경질적으로, 또 불안감에 휩싸여서, 인터넷 검색창에 '미르티유 클레망스 루스탱'이라고 쳐 본다. 그리고 엔터키를 누른다…….

허억! 클레망스의 기분이 더 어두워진다. 화면에 뜬 내용은 한 페이지가 아니다, 무려 40쪽이나 된다! 그래, 당연하겠지, 적어도 클레망스의 학교에서는 전교생이 그녀에 대해 수군거렸으니까! 클레망스와『지옥의 사람들』, 둘 사이의 연결은 사람들 사이에 샘 솟는 이야깃거리를 제공했고, 말할 것도 없이 학교에서의 화제성은 더 컸다.

재앙이다!

클레망스의 이름이 이 책과 연결되어 인터넷에 오르면, 세상 모든 사람이 둘 사이를 엮어서 쉽게 그녀를 찾을 수 있을 터였다. 누구라도, 심지어 '진짜 미르티유'까지도. 아니, 특히 그 '진짜 미르티유'가.

그러나…… 미르티유와 클레망스 루스탱이라는 두 이름을 연결하는 글들을 주의 깊게 읽다 보니, 클레망스의 우편 주소도, 이메일도 올라와 있지 않다는 걸 알게 된다. 더 다행인 건, 클레망스의 부모가 예전부터 전화번호부에 이름 올리길 거부했다는 점이다.

그렇다면 이 미스터리는 어떻게 설명할 수 있을까? 진짜 미르티유는 어떻게 이 정보를 얻었던 걸까?

클레망스는 최악인 적의 능란한 솜씨를 의심하지 않는다. 소설에서 만들어 낼 수 있었던 그 치밀하고도 정교한 줄거리로 볼 때, 진짜 미르티유는 클레망스에게 접근하는 방법도 찾았을 게 분명하다. 그게 어떤 방법인지를 알아내는 게 클레망스에게 도움이 될까? 방법이야 어떻든, 현실은 진짜 미르티유가 클레망스를 찾아냈고, 지금 복수를 하려 한다는 사실이다. 요점은 그거다! 간단하다. 뭔가 더 찾으려고 애쓸 필요도 없다.

그래도 클레망스는 미르티유가 어떻게 했는지 알고 싶다! 클레망스를 협박하는 메시지는 오는 족족 조르지나가 삭제한다는 걸 미르티유도 이미 알고 있었을 테니, 페이스북을 통해 접촉하려 하진 않았을 거다. 그래서 개인 메일로 직접 접촉했다. 미르티유의 사악한 지능을 알려 주는 또 하나의 징표! 미르티유가 정말 정말 위험한 인물인 건 확실하다.

*

베릴 마시노가 자기는 작가의 메일 주소도, 집 주소도 결코 누설한 적이 없다고 맹세했던가? 클레망스는 그 점도 확실하게 하고 싶었다.

그래서 다시 수화기를 든다. 이번엔 자기 전화번호를 숨기고 전화를 건다.

페이스북 계정을 운영하는 편집장의 비서를 테스트해 볼 심산이다. 미르티유의 팬인 것처럼 가장하기로 한다. 목소리까지 바꿀 필요는 없다. 한 번도 조르지나를 만난 적이 없기 때문이다. 조르지나가 클레망스를 모르는 건 분명하다. 앗, 아니다, 알고 있다! 소녀 작가가 라디오에서 인터뷰하는 걸 들었기에, 클레망스의 목소리를 알 것이다. 제기랄! 그러니 평소보다 저음의 목소리를 만들어 내야 한다. 음색을 바꿔서 자연스럽게 말하기란 좀 어려운 일이긴 하지만, 그래도 그렇게 해야 할 이유가 있으니 시도해 볼밖에.

클레망스가 첫 마디를 던진다.

"여보세요?"

"여보세요!"

클레망스는 놀란다. 전화기에서 들려오는 건 꽤 젊은 남자 목소리다. 틀림없이 엑셀랑스 출판사 비서와 직접 통하는 번호를 눌렀는데…….

"저…… 조르지나 씨랑 통화하고 싶은데요."

"조르지나 씨는 일주일간 휴가예요. 저는 그분의 인턴인 조아킴
입니다. 뭘 도와드릴까요?"

"그녀를 대신해서 일하시는 분인가요?"

"네, 그렇습니다. 뭘 도와드릴까요?"

"아, 네, 전 미르티유의 팬이에요. 작가님의 소설을 좋아합니다.
그 책이 내 삶을 바꿔 놓았거든요. 그분이 없었다면 저는 어쩌면
죽었을지도…….."

클레망스는 좀 과장해서 말한다. 전화선 끝에 있는 젊은 남자
에게 인상적으로 보이기 위해서다. 그리고 변조한 목소리로 말을
시작했기에, 이상하게 여길까 봐 변조한 목소리를 계속 유지한
다. 클레망스는 가짜 목소리로 평소보다 더 천천히 말해야 한다.
저음의 목소리는 그녀가 꾸며 낸 심각한 주제에 딱 들어맞는다.
어울린다.

클레망스는 『지옥의 사람들』이 어떻게, 왜 자신에게 귀중한 책
인지를 길게 설명한다.

그러나 인턴은 미르티유의 이메일 주소를 알려 줄 수 없노라고
딱 자른다. 그래서 클레망스는 다른 묘책을 시도하기로 하고, 조
아킴에게 한 가지 부탁을 한다.

"그럼, 미르티유에게 꽃다발만이라도 보내고 싶어요. 고마움을 표시하기 위해서요. 작가님의 집 주소를 가르쳐 주시면 정말 고맙겠는데요."

조아킴이 망설이는 것 같다. 클레망스가 간청한다. 마침내 청년도 그녀의 생각에 동조해서, 출판사로 꽃다발을 보내는 건 지혜롭지 않다고 생각한다. 꽃다발을 받자마자 곧 다시 클레망스에게 보내야 하는데, 아무래도 시간과 돈을 절약하려면 꽃을 최상의 상태로 수신자에게 보내야 한다.

게다가 가짜 팬은 외국에 살고 있다고 말한다. 벨기에. 벨기에는 멀다!

전화를 끊으면서 클레망스는 몹시 화가 난다! 열성적인 팬에 감동을 받은 조아킴이 출판사의 안전 수칙을 따르지 않고, 클레망스 루스탱의 진짜 주소를 가르쳐 준 것이다.

클레망스는 진짜 미르티유가 자기 이메일 주소를 어떻게 알아냈는지 여전히 모른다. 하지만 어디 살고 있는지를 알아내기는 쉬웠을 거라는 생각이 든다. 이것이 클레망스의 등골을 서늘하게 만든다.

'자, 이렇게 되면 누구든 맘만 먹으면 우리 집 주소를 알 수 있다는 거지. 그것도 아주 간단하게! 엑셀랑스 출판사에서 우편물 담당 인턴을 불러 달라고 한 뒤에 아무 거짓말이나 둘러대서 사정하

면 충분하다는 소리야……. 진짜 미르티유가 우리 집을 알아낸다
면, 난 죽은 목숨이로군!'

27.

엿새, 길고 길었던 그 엿새 동안, 끝날 것 같지 않던 그 6일 동안 클레망스는 '진짜 미르티유'로부터 단 하나의 메시지도 받지 못했다. 줄곧 편지함을 살펴보고 있었지만 없었다. 클레망스의 우편함에 들어온 건 하나도 없다.

그래서 기쁘다고 해야 할까?

아무리 떼를 써도 방법이 없다는 걸 이제 미르티유도 깨닫게 된 걸까? 싸울 생각을 포기한 걸까? 아니면 여전히 비밀스러운 복수를 꾸미고 있는 걸까? 그것도 아니면, 클레망스가 잊을 만하게 되었을 즈음, 더는 겁내지 않게 되었을 즈음, 다시 나타나서 치명타를 날리려는 걸까? 동물은 먹잇감 사냥을 위해 오랫동안 웅크리고 있을 줄 안다. 그러면 다시 적의 침묵이 찾아왔는데도, 은신처에 숨어서 절망하며 두려움에 떨고 있어야 하는 걸까? 이 고통에서 벗어나기까지 클레망스에겐 얼마큼의 시간이 더 필요할까? 잔인한 사냥꾼이 영원히 떠났다는 걸 어떻게 확신할 수 있을까?

미르티유가 그녀에게 다시 안부를 물어오는 게 내일일지, 일주일 후일지, 한 달 후일지 알 수 없다는 건 얼마나 힘든 일인가!

6일, 길고 길었던 엿새가 지난 후, 클레망스의 우편함에 새 메시지가 도착한다.

보내는 사람 : '진짜 미르티유'가 클레망스 루스탱에게

제목 : 멀지 않았어

사랑하는 찬탈자, 안녕?

여전히 답이 없군……. 네가 답장을 안 보내도, 난 네가 내 메일을 읽고 있다는 걸 알아.

난 너를 관찰하고 있어. 요즘 너의 창백한 안색과 눈 밑의 다크서클이 너랑 기가 막히게 잘 어울린다는 걸 네가 알았으면 좋겠어. 불안이 그대로 드러나는 네 얼굴이 내겐 더할 수 없는 기쁨이거든.

그래, 난 네 자취를 찾았어. 난 네가 어느 학교에 다니는지, 네가 어디

사는지도 알아. 네 친구들에게도 접근했어. 네가 일말의 죄책감도 없이 어떤 일을 행했는지 그 애들이 알게 되면, 무척 실망할 거야, 안 그래? 너를 의리도 법도 없는 아이라고 생각하겠지! 어떤 애들은 이미 네게 등을 돌렸어, 안 그래? 그리고 네 부모님은? 너의 그 존경스러운 부모님은 어떠실까? 그분들은 아무것도 의심하지 않는 것 같더군.

넌 그분들에게 내가 진실을 이야기하길 바라니? 아니면 네가 자진해서 진실을 밝힐래?

왈칵 눈물이 솟는다. 미르티유가 지금 협박하는 거라면, 클레망스는 이제 죽은 거나 다름없다! 미르티유는 모든 걸 다 알고 있다. 어떻게 그게 가능하지?

수천 가지 질문이 클레망스의 머릿속에서 서로 충돌한다.

'그 애는 내 삶을 망치는 것 외엔 할 일이 없나? 그 애도 학교에 가지 않겠어? 그 애의 부모님도 자기 딸이 나를 추적하기 위해 학교까지 빠지도록 내버려 두진 않을 거 아니야!'

그 미르티유라는 애가 어디 살고 있는지는 모른다! 아마도 프랑스의 다른 쪽 끝? 그 애가 클레망스가 사는 동네까지 온다는 거야? 우리 동네에 오면 어디서 자는 거지? 호텔에서?

그건 불가능하다! 상상도 못 할 일이다! 다른 설명이 필요하다.

'어쩌면 그 앤 내 또래가 아닐 수도 있어. 성인이면서도 자기가 어린 작가라고 속인 거일 수도 있잖아. 어쩌면 남자일지도 몰라. 남자들이 인터넷에서 순진한 여자아이들을 꼬여 내거나 조종하려고 남자아이인 것처럼 가장할 때가 있나 보던데!'

문득 클레망스에게 영감처럼 스치는 생각이 있다.

'혹시 이미 날 알고 있는 사람이라면?'

그렇다, 주변 사람일 수도 있다.

'미르티유는 가명이잖아. 그러니 그 이름만 빼고 어떤 이름도 가능성이 있는 거지. '진짜 미르티유'라는 이름을 가진 애는 없어. 그건 말도 안 되는 일이야. 그렇다면…… 지금까지의 생각대로라면, 미르티유가 꼭 여자애라는 증거도 없어. ……그럼 혹시…… 멜키오르일까? 아냐, 그 자식은 멍청해. 게다가 입도 얼마나 싼데.'

만일 멜키오르가 그런 특종을 갖고 있었다면, 벌써 오래전에 프랑스 전국에 다 불어 버렸을 거다, 클레망스가 그 베스트셀러의 단 한 줄도 안 썼노라고!

클레망스는 자기가 알고 있고, 동시에 자기에게 지옥보다 더 끔찍한 고통을 줄 정도로 잔인할 수 있는 사람들을 하나하나 꼽아 본다.

리스트에 열 개 정도의 이름이 올라온다.

이제 클레망스는 '진짜 미르티유'가 보낸 메일을 모두 다시 읽어 보기로 한다. 그것들을 주의 깊게 읽다 보면, 어떤 단서를 발견할 수 있을지도 모른다.

28.

그 순간, 한 가지 단서가 불쑥 눈에 들어온다. 클레망스는 너무 깜짝 놀라 어쩔 줄 모른다. 확실하다. 그 잔인한 협박자는 처음부터 코앞에 있었는데, 이제껏 눈치를 채지 못했던 거다.

"누군지 드디어 알아냈어!"

클레망스는 길고 긴 고통의 시간에서 마침내 해방된 사람처럼 크게 소리를 질렀다.

굵은 눈물방울이 두 뺨을 타고 흘러내린다. 그러나 최근 며칠 동안 줄곧 따라다니던 불안에서 나오는 눈물이 아니다. 이건 안도의 눈물이다.

클레망스는 마침내 큰 짐에서 벗어난 느낌이다. 물론, 진실을 안다고 해서 복수가 행해지는 걸 막진 못한다. 그러나 적어도 대비는 할 수 있다. 강펀치가 어디에서 날아올지 모르고 있는 것보다 훨씬 나은 거다.

클레망스는 같은 말을 되풀이하고 또 되풀이한다.

"알리시아! ……알리시아였어! ……알리시아가 분명해! ……확실해, 알리시아야!"

알리시아일 수밖에 없다. 클레망스는 알리시아의 말버릇을 알고 있다. 최소한 다섯 문장마다 '안 그래?'를 되풀이하는 말버릇.

이제 '알리시아'라는 가정을 확인시켜 줄 수 있는 모든 단서를 대조 검증해 본다.

1. 알리시아는 클레망스의 메일 주소를 확실하게 알고 있다.

2. 알리시아는 클레망스가 어느 학교에 다니는지 알고 있다.

3. 알리시아는 클레망스와 복도에서 마주칠 수 있기에 그녀의 창백한 낯빛을 알 수 있다.

4. 알리시아는 원고를 훔친 사실을 알고 있다. 심지어 그걸 제일 먼저 알았던 애다. 만일 아직 아무에게도 말하지 않았다면, 여전히 그걸 알고 있는 유일한 존재다. 클레망스 쪽에서도 여전히 그 비밀을 지키고 있으니까.

물론 알리시아가 주변에 말했을 수도 있다. 그랬든 아니든, 적어도 그녀가 이 사실을 알고 있다는 것엔 변함이 없다.

5. 알리시아는 클레망스의 집 주소를 알고 있다.

6. 알리시아는 클레망스를 잘 안다. 그녀는 클레망스를 감동시키는 게 뭔지, 그녀를 두렵게 하는 게 뭔지 너무나 잘 알고 있다.

클레망스가 신경질적인 웃음을 터뜨렸다.

'정말 우습군! 자신도 미르티유인 척하려고 했다가 내가 원고를 훔치는 바람에 그 기회를 놓쳐 놓고는, 그런 주제에 미르티유의 이름으로 협박 메일을 보내서 복수하겠다고? 이거 완전히 미친 거 아냐?'

클레망스는 알리시아에게 와썹 메시지를 보낸다.

알아냈어! 너라는 걸 알아! 그러니 내게 겁주려는 짓은 이제 그만해. 나도 네가 어디 살고 있는지 알고 있으니까.

'하하!'

클레망스가 혼자 중얼거린다.

'이제 우린 비긴 거지!'

답장은 얼마 기다리지 않아서 곧 왔다.

그걸 알아내는 데 이렇게 오래 걸리다니.

짧은 답장임에도 불구하고, 그 대답은 클레망스를 한시름 놓게 만든다. 클레망스의 생각이 틀리지 않았다는 걸 의미하기 때문이다. 알리시아가 그 미스터리 편지들을 보낸 장본인이다! 클레망스가 꿨던 모든 악몽의 원인인 책임자요, 잔인한 자요, 수수께끼의 협상 상대자다.

이제 클레망스는 알리시아에게 자기도 호락호락하지 않다는 걸 보여 주기로 작정한다. 그녀는 알리시아에게 이미 자기가 바보가 아니라는 것과 수수께끼를 풀 능력이 있다는 걸 증명했다. 그러니 누가 더 교활한 자인지 게임을 벌일 필요는 없다.

예전에 가장 친한 단짝이었던 두 소녀 사이에 오랜만에 다시 대화가 이어진다.

클레망스가 알리시아에게

그래, 날 협박하던 자가 너라는 걸 알았어. 난 네가 생각하는 것만큼 바보가 아니거든!

하지만 알리시아에게도 믿는 구석이 있다. 클레망스를 그 자리에 얼어붙게 만든 다음 메시지가 그걸 증명한다.

알리시아가 클레망스에게

그래? 그렇게 똑똑하면, '진짜 미르티유'가 누군지 말해 볼래?

클레망스가 '진짜 미르티유'라는 이름 뒤에 알리시아가 있다는 걸 알고, 자기 방에서 기쁨의 소리를 외쳤을 때, 그녀는 그 순간 모든 게 제자리를 찾아갈 거라고 생각했고 이제 안심할 수 있다고 믿고 싶었다. 알리시아의 정체를 밝혀냄으로써, 의심해 온 세상의 모든 미르티유들과도 이젠 안녕이라고 생각했었다. 순진하게도 그녀는 미르티유, 진짜 미르티유, 오리지널 미르티유, 모든 문제를 끌고 온 그 미르티유도 더는 존재하지 않기를 바랐다.

그런데! 알리시아의 말대로라면, 진짜 미르티유는 우리가 알고 있는 누구란 말인가?

클레망스도 알고 있는 인물이란 건가? 알리시아도 알고 있고?

아니면 어떤 다른 일로 인해 알려진 인물이라는 건가?

오, 이런! 머리가 깨질 것 같다!

아무리 생각해 봐도, 기억 속을 마구 헤집고 다녀 봐도 클레망스는 도저히 길을 찾을 수 없다. 진짜 미르티유가 어떤 순간에 자기를 드러낼 수 있었을까? 그리고 알리시아는 그 인물이 어떻게 자기 정체를 드러내게 했을까?

알리시아는 그 일에만 전념했던 게 분명하다. 그 일이 그 애의 뇌리에서 떠나지 않고 있었다면, 분명히 미르티유를 찾기 시작했을 거다. 반면에 클레망스는 진짜 미르티유를 찾는 일엔 전혀 관심이 없었기에, 그런 일에다 시간을 쓸 이유가 없었다.

클레망스가 알리시아에게

???

알리시아의 대답이 다시 클레망스를 얼어붙게 만든다.

알리시아가 클레망스에게

넌 내가 미르티유일지도 모른다는 생각은 단 한 번도 안 해 봤니?

29.

클레망스는 너무 놀라서 말이 나오지 않는다. 그녀는 휴대폰에 시선을 고정하고, 알리시아가 방금 보낸 그 질문을 읽고 읽고 또 읽어 본다.

그랬다, 클레망스는 단 한 번도 알리시아가 『지옥의 사람들』의 저자일 수 있다는 건 상상도 해 보지 못했다. 말이 안 된다! 실제로 자기가 써 놓고는 다른 사람이 썼다면서 그 책을 읽어 보라고 준다는 건 너무 이상하지 않은가! 이처럼 뒤틀린 생각을 한 이유가 대체 뭘까? 두 사람이 친하게 지낸 7년 동안, 알리시아가 이렇게 말도 안 되는 일을 생각해 낸 적은 한 번도 없었다! 그 앤 왜 이런 말도 안 되는 일을 생각했던 걸까? 혹시 지금도 또 속이려는 게 아

152

닐까?

클레망스는 이제 알리시아가 하는 말은 전부 믿을 수 없게 되었다. 만일 그녀가 클레망스에게 협박 메일을 보내는 게 가능했다면, 자기라고 주장하는 그 가상의 인물 미르티유에 대한 이야기도 얼마든지 꾸며 낼 수 있었을 터이다.

클레망스는 너무 당황해서 어찌할 줄 모른다. 뭐가 진짜인지 이제 도통 알 수 없다. 알리시아, 미르티유, 이들이 한 사람이라고? 같은 사람이라고? 왜 그랬던 거지? 그게 무슨 이익이 있다고?

클레망스는 경기의 규칙을 충실히 지키는 새 메시지를 보낸다. 좋아, 그녀는 알리시아의 말을 믿는 척하면서, 설명을 요구한다.

클레망스가 알리시아에게

너라고? 그럼 왜 처음부터 그렇다고 이야기하지 않은 거지?

알리시아가 클레망스에게

그건 이야기가 좀 길어, 메일로 보낼게!

클레망스는 계속 화면을 뚫어져라 살핀다. 도대체 무슨 메시지이기에 이렇게 시간이 오래 걸린담!

그녀에겐 1초 1초가 몇 시간처럼 느껴진다. 드디어 메일이 뜬다.

난 네가 타임머신 이야기를 그처럼 쉽게 믿는 어리숙한 아이인지 정말 몰랐어!

넌 대체 어떻게 미래 여행이 가능하다고 생각했던 거니? 넌 이 세상에 발을 딛고 살잖아! 내가 타임머신 이야기를 했을 때, 넌 내게 즉시 반론을 제기했었어. 그건 불가능한 거라고 말이야, 안 그래? "그건 책이나 영화에서나 찾아볼 수 있는 발명품이야." 네가 그렇게 말했잖아.

당연히 네 말이 맞아. 그때 난 여름 내내 공들여 짰던 시나리오가 완전히 수포가 되는 건가 싶어서 두렵기도 했었어. 그래서 내 주장을 더욱 확고하게 밀고 나갔지. 게다가 내가 네게 거짓말을 한 적이 없었기에, 결국 네가 그 믿을 수 없는 이야기를 받아들였다고 믿어.

하지만 내가 그런 시나리오를 짰던 건, 너를 꿈꾸게 만들고 싶었기 때문이야! 방학이 끝난 후 우리 재회를 더욱 빛나게 하고 싶었거든! 타성에 젖은 우리 관계에 약간의 판타지와 짜릿함을 더하려고 했던 거지. 기억해 봐, 우린 단어를 통해 여행하면서 상상했던 기발한 세계로 서로를 깜짝 놀라게 하길 좋아했었잖아. 그전까진……. 네가 편협함과 비열함으로 우리 사이를 망쳐 놓기 전까진. 네가 너의 재능보다 명성을 더 갈망하기 전까진. 그리고 네가 감히 내 원고를 훔쳐 가기 전까진 말이야. 내가 왜 이렇게 화를 내는지 궁금해? 왜냐하면, 그래, 나의 여름, 그 여름 동안 난 그 두꺼운 책을 쓰기 위해 매일 8시간씩 씨름했었거든. 그건 내 작품이야! 그 긴 두 달 동안 난 아침, 점심, 저녁을 온통 그 책에 쏟아부었단 말이야. 네가 해변에서 노느라 바빠서, 단 한 줄의 글도 쓰지 않고 보내는 동안에! 지금 난 널 비난하는 게 아니야. 넌 당연히 네 여름 방학을 네가 원하는 대로 보낼 수 있으니까. 다만 내가 비난하는 건, 우리의 아름다운 우정에도 불구하고, 네가 내 원고를 가로챌 생각을 했다는 거야. 그 책 뒤에 있는 노동과 수고는 조금도 인식하지 않은 채 말이야.

누구나 자신이 공격받는다고 느끼면, 방어할 길을 찾는 법이다. 그리고 자신의 무지를 앞세우는 게 실수를 최소화하는 길이라고 믿는다.

클레망스가 알리시아에게

그 글을 쓴 사람이 너라는 걸 알았더라면, 난 절대로 그런 일을 하지 않았어. 그건 너도 잘 알 거야.

정말이지 난 내가 전혀 모르는 미르티유라는 애가 쓴 줄 알았어.

알리시아가 클레망스에게

아, 그래! 잘 모르는 누군가에게 악을 행하는 건, 아무래도 양심의 가책을 덜 받게 되지. 그건 사실이야! 그의 고통을 직접 보지 못하면, 악을 행하기가 훨씬 쉬워지니까, 안 그래? 하지만 상상은 할 수 있잖아, 그가 받을 고통이 얼마나 클지, 안 그래?

클레망스는 정면으로 어퍼컷을 한 대 맞는다. 그렇다, 그녀도 원고를 빼앗긴 자가 받을 고통을 상상해 보지 않은 건 아니다. 다만 그 고통이 그렇게까지 클 거라곤 생각하지 않았다. 실은 그 생각이 나면 얼른 지워 버렸다. 생각한다고 뭐가 해결되는 것도 아니었으니까. 그 일을 자꾸 생각하는 건 자신의 행복만 손상할 뿐이었다. 그리고 미르티유가 2년 후에 나타난다는 이야기를 믿었다. 그러니 그가 『지옥의 사람들』을 썼다는 걸 기억하지 못한다면, 고통도 없을 테고, 빼앗긴 것도 아닌 게 된다.

클레망스는 소화가 안 된다.

클레망스가 알리시아에게

기억해 봐, 알리시아! 미래의 미르티유로부터 이 원고를 훔치고 싶다고 처음 말했던 건 바로 너였어. 그때 넌 별 거리낌도 없이 태연스레 그 말을 했었어! 전혀 모르는 사람의 베스트셀러를 네 거라고 주장할 준비가 되어 있었다고, 그것도 미소를 지으면서! 자, 그런데 그 일을 내가 하면, 어째서 비난받을 일이 되는 거지? 너도 하려고 했으면서, 왜 날 비난하는 거야?

알리시아가 클레망스에게

당연하지. 난 미래의 미르티유가 나라는 걸 알고 있었으니까! 그 책을 쓴 건 나야. 내가 그 소설을 첫 줄부터 마지막 줄까지 썼다고. 난 우리가 함께 글을 쓸 때 종종 그랬던 것처럼 소설 속 인물들의 역할 놀이를 즐겼어. 그래서 2년 후에 베스트셀러가 될 책을 발견하고 기뻐하는 소녀를 연기한 거야. 난 네가 그 책을 읽고 나서 할 말을 몹시 기다렸더랬어. "안 돼, 알리시아, 이 책을 쓰기 위해 땀 흘려 수고했던 소녀를 생각하면, 이 원고를 훔치는 건 절대 안 된다고 봐." 난 네가 틀림없이 그렇게 말할 거라고 생각했었어! 그러면 난 그때 네게 모든 걸 고백하려고 했지. 미래 여행이라고 했던 건 순전히 뻥이라고 말이야. 그러곤 둘이 깔깔거리며 웃을 거라고 생각했어. 정말 그랬어. 그때 난 널 깜짝 놀라게 하고, 네게 여러 가지 감정을 불러일으킬 방법이 뭐가 있을까 하면서 아이디어를 짜내고 있었거든. 신선한 놀라움과 즐거움을 주고 싶어서.

알리시아는 클레망스의 대답도 기다리지 않고, 벌써 또 다른 메시지를 보냈다.

알리시아가 클레망스에게

너한테 고백하지만, 그 책이 성공한 것에 대해 제일 먼저 놀란 사람은 나였어. 난 그 책이 그렇게까지 인기를 끌 줄은 몰랐어. 제일 믿을 수 없는 건, 모든 게 내가 상상했던 것과 정확하게, 혹은 거의 일치했다는 거야. 난 그 책이 발간되자마자 베스트셀러가 되어서 너무 놀랐어. 그 책이 2년 후가 아니라, 네게 읽으라고 주고 나서 몇 주 만에 출간되었다는 것만 빼고. 뭔가를 계획하고 만들었다고 해서, 그 결과까지 전부 알아맞힐 수는 없잖아, 안 그래? 어쨌든 그건 지엽적인 일이지. 본질은 다른 데 있으니까, 안 그래?

클레망스 쪽에선 무반응이다. 뭐라고 대답할 수 있겠는가? 맞아, 본질은 다른 데 있어, 라고 말한단 말인가? 문제는 물론 책이 잘 나간다는 데 있지 않다. 문제는, 정체성을 가로챘다는 데 있다. 게다가 클레망스는 구구절절 길게 대화를 이어 가고 싶지도 않다.

알리시아가 클레망스에게

이제 넌 어떻게 할 생각이니?

클레망스가 알리시아에게

난 『지옥의 사람들』을 네게 돌려줄 수 없어. 왜냐하면 전 세계가 그걸 쓴 사람이 나라고 생각하니까. 어차피 사람들은 아무것도 이해하지 못할 거야.

너를 괴롭혀서 유감이야.

알리시아가 클레망스에게

그래서?

'그래서'라니?

분명히 알리시아는 옛 친구로부터 하나의 대답, 하나의 제스처를 기다리고 있다. 하지만 클레망스는 자기가 뭘 해야 하는지, 뭘 할 수 있을지 알지 못한다. 이미 주사위는 던져진 상태다, 안 그런가? 지금 와서 뒤로 돌아갈 수도 없다. 미래 여행이란 건 존재하지 않으니까, 안 그런가?

30.

클레망스는 대답이 없다.

알리시아는 씁쓸하고 애석한 마음으로 컴퓨터를 끈다. 그녀는 '인생에서 가장 소중했던' 옛 친구에게 두 번의 기회를 주었다. 클레망스에게 두 번이나 손을 내밀었다. 우선은 사과를 요구했었고, 그다음엔 잘못을 바로잡을 걸 요청했다.

그러나 클레망스는 어떤 기회도 잡지 않았다. 그녀는 정직하고 올바르게 처신하지 못했다.

좋다, 그녀는 어리석은 짓을 했다. 경솔하게 행동했다, 자신의 행위가 어떤 결과를 불러올지 신중하게 생각해 보지도 않고……. 하지만 어째서 지금도 진짜 작가를 희생해서 명성과 돈을 지키려고 할까? 진짜 작가가 해명을 요구하고 있는데! 이제는 그 책을 쓴 인물이 7년 동안 충실한 자신의 친구였다는 걸 알게 되었는데! 그런데도 클레망스는 왜 고집을 부릴까?

자신의 비참한 행동을 되돌아보고, 다시 생각해 보기 위해선 지난 6개월로 충분하지 않았을까? 알리시아는 이런 식의 관계는 꿈에도 생각하지 않았다! 만일 자신이 클레망스의 입장이었다면, 정직과 올바름, 무엇보다도 그 두 가지를 제일 먼저 생각했을 거다. 게다가 원고를 가로채는 것, 그 생각은 머릿속에서 단지 이론으로만 싹텄을 뿐이다. 100% 상상으로. 진짜 삶에서는 절대로, 오, 절대 절대로, 알리시아는 위험을 무릅쓰고 그런 결단을 내리지 않는다……. 하지만 그녀는 클레망스가 아니다.

알리시아는 옛 친구이자 범죄자인 클레망스에게 뭘 기대했을까? 그녀가 "잘못을 고백하고 진실을 바로잡는 정정문을 발표할게."라고 말해 주길 바랐을까?

하지만 그건 핵심을 빠뜨린 것이다. 온 세상 사람 앞에서 거짓을 고백하는 건 너무나 너무나 어려운 일이라는 걸! 그건 그 사람에게 평생 낙인을 찍는 것이기 때문이다.

*

클레망스는 기분이 훨씬 나아졌다. 그녀는 알리시아와의 상황을 상세히 검토했다. 물론 두 사람이 편지를 주고받았다고 해서 화해를 한 건 아니다. 확대해석해선 안 된다. 워낙 상처가 깊으니까. 그래도 어쨌든 클레망스는 이제 더는 두렵지 않다. 더는 이전처럼 미르티유에게 끌려다니지 않는다. 이젠 잘 자고, 악몽도 꾸지 않는다.

식욕도 다시 살아났다. 그래서 많이 먹는다. 두 뺨이 다시 통통해졌다. 창백했던 안색도 이젠 지나간 추억에 지나지 않는다.

클레망스는 다시 태어난다. 다시 미소를 짓고, 때로는 하하하 소리 내어 웃기도 한다. 하루를 짜릿하게 해 주는 취미들도 되찾았다.

그런 변화는 학교 복도에서 마주치는 알리시아도 금방 알 수 있다. 알리시아는 클레망스로부터 어떤 신호가 오길 계속 기다리고 있지만, 신호는 오지 않는다.

클레망스가 '진짜 미르티유'라는 이름으로 온 메일들 때문에 혼란과 두려움에 빠지기 전까지 누리던 삶을 되찾고, 다시 거드름을 피우는 모습이 알리시아의 눈에 띈다. 클레망스는 이전처럼 다시 복도에서 스타 역할을 즐기는 중이다.

사실 클레망스는 강당이나 학교 식당에서 알리시아를 발견하고, 찾아와서 그 애의 어깨에 손을 얹으며 미소를 보여 줄 수도 있었다. 그러나 클레망스는 그렇게 하지 않는다. 전혀. 클레망스는 수수께끼 인물이었던 '진짜 미르티유'의 편지가 날아오기 전처럼 살아간다. 마치 그 끔찍했던 시간이 존재하지 않았던 것처럼.

그런 모습을 보는 건, 알리시아에게 견디기 힘든 일이다.

그래서 알리시아는 마지막 카드를 꺼내기로 한다. 이제 그녀는 가진 걸 몽땅 걸어 볼 셈이다.

알리시아는 누구와도 견줄 수 없는 완벽한 시나리오 작가이다. 그걸 굳이 증명할 필요가 없다. 온 세상이 다 알고 있다. 물론, 미디어 세계를 '쓰나미처럼' 휩쓸어 버린 베스트셀러 작가가 실은 알리시아 라바르라는 건 모르고 있지만. 그러나 알리시아에겐 굉장한 폭발력을 지닌 폭탄 하나가 있다. 그녀는 그걸 두 손에 들고 있다. 그 폭탄을 터뜨릴지 말지는 오직 알리시아, 한 사람에게 달려 있다.

클레망스는 공개적으로 죄를 인정하고 용서를 구하길 여전히 거부한다. 그래서 알리시아는 더는 어떤 가책도 갖지 않기로 마음먹는다.

'클레망스는 일말의 가책도 느끼지 않았어. 그러니 나도 그렇게 할 거야. 탈리오 법칙에도 '눈에는 눈, 이에는 이!'라고 했잖아.'

알리시아는 조롱당한 우정의 이름으로, 문학의 제단 위에 클레망스를 제물로 바치기로 한다.

31.

　오늘, 클레망스는 드디어 알리시아에게 그 USB를 돌려주었다. 길고 긴 몇 주일이 지나고 나서였다.

　몹시 들뜬 알리시아는 집에 돌아오자마자 태블릿에 USB를 꽂았다. 그리고 그 자리에 얼어붙었다.

　'아니…… 아니…… 이럴 수는 없어! USB가 비어 있다니! 『지옥의 사람들』이 사라졌어!'

　다음 날 알리시아는 어떻게 된 일인지 설명을 들으려고 클레망스의 집으로 찾아갔다.

*

19시 32분. 알리시아는 이제 막 클레망스 곁을 떠나 자전거를 타고 집으로 향하는 중이다. 둘이서 함께 글을 쓰며 오후를 보내고 나서 그렇게도 자주 지나다니던 그 작은 길을 알리시아가 자전거를 타고 달린다.

클레망스로부터 자신이 원고를 훔쳤고, 그 원고가 곧 출판될 예정이며, 그 결과로 인한 돈과 영광은 오로지 클레망스의 몫이라는 이야기를 막 들은 참이었다.

그날 저녁 알리시아는 아무것도 삼킬 수 없었다. 그녀는 너무 피곤해서 그냥 자러 올라가고 싶다고 아버지에게 말한다.

"그러렴, 중3 생활은 쉬운 게 아니지."

아버지는 그렇게 말했다.

"모든 수업, 모든 과목이 너희를 피곤하게 만들겠지."

알리시아는 그게 아니라고 말하지 않는다. 하지만 방으로 올라가기 전에 아버지의 포옹이 필요하다. 알리시아는 앉아 있는 아버지의 목에 두 팔을 감는다. 그러곤 오랫동안 아버지의 머리카락 속에 코를 묻고, 냄새를 맡는다. 알리시아는 아주 어렸을 때부터 그렇게 하길 좋아했었다. 안도감을 느끼게 해 주는 아버지의 냄새는 늘 그녀를 편하게 해 주었다.

아버지가 미소를 짓는다. 알리시아는 조금만 더 눈물을 참기로
한다.

물론 그날 밤 알리시아는 거의 잠을 이루지 못한다. 밥도 먹지
못한 채 침대에 누운 그녀는 자기 몸의 수분이 완전히 빠져나가게
놔둔다. 눈물이 끊임없이 흐르고, 온몸은 긴장된다. 두 눈은 양동
이처럼 눈물로 가득 찼다. 알리시아의 머리는 영원한 친구라고 생
각했던 클레망스의 이해되지 않는 태도를 계속 생각하고 또 생각
한다.

클레망스는 알리시아가 두 달 동안 악착스럽게 작업했던 결과물
을 훔쳐 갔다. 그리고 그것을 자기 이름으로 출판했다. 클레망스
는…… 친구를 배신했다.

10분도 채 되지 않는 시간에, 단 한 번의 클릭으로 그녀는 7년
의 우정을 산산조각으로 부숴 버렸다.

알리시아는 온몸이 아팠다.

'클레망스의 눈에 내가 그렇게 하찮아 보였던 걸까?'

*

하지만 한참 울고 나면, 자신의 불운을 한참 한탄하고 나면, 다

음은 행동으로 옮길 차례다.

말은 쉽다! 클레망스가 자신의 악행을 고백하고 난 후, 알리시아는 처음 며칠 동안 아무것도 생각할 수 없었다. 클레망스가 그녀를 한 방에 때려눕혀 버린 것이다. 알리시아는 더는 학교에서 그애와 마주치고 싶지 않았다. 말을 걸고 싶은 생각도 없었다. 다시는 그 애와 엮이고 싶지 않았다. 클레망스를 자신의 삶에서 치워 버리고 싶었다.

자판 위에서 단어들을 서로 연결하고, 이야기를 통해 자신의 고통을 표현하는 것, 원래대로라면 그런 게 분명히 알리시아에게 위로가 되었을 것이다. 그러나 지금의 알리시아에겐 그 방법도 통하지 않았다. 그녀는 완전히 메말랐고, 모든 게 마비되었다. 더는 아무런 의욕도 없었다. 결국엔 모든 게 어느 날 연기가 되어 날아갈 거라면 그런 게 다 무슨 소용일까? 내가 흘린 땀방울이 결국 다른 사람만 빛나게 해 줄 뿐인데? 그랬다. 그녀는 이미 예감하고 있었다, 『지옥의 사람들』이 성공을 거둘 거라는 걸, 그리고 그 소설을 읽고 훌륭하다고 느끼는 것 외엔 아무것도 하지 않은 누군가에게 영광을 가져다줄 거라는 걸.

글쓰기 욕구가 다시 알리시아를 사로잡기까지는 수많은 날이 흘러야 했다. 클레망스의 배신에 관한 기억들은 알리시아에게 여전히 너무 쓰라렸다. 그 기억들은 풍성한 재능, 곧 상상력과 창조력을 오랫동안 시들어 있게 만들었다. 그 기억들은 알리시아의 내면 깊은 곳에 있던 모든 걸 오랫동안 숨죽이고 있게 만들었다. 클레망스는 그냥 원고 하나만 훔친 게 아니었다. 그녀는 알리시아를 살아 있게 만드는 그 작은 불꽃까지 빼앗아 버렸다.

그 책이 출판되었을 때, 그리고 모두가 알다시피 큰 성공을 거뒀을 때, 알리시아의 분노도 되살아났다. 알리시아는 너무나 격노한 나머지, 자기 방의 벽을 꼭 쥔 작은 주먹으로 쾅쾅 몇 번이나 치고 나서야 겨우 진정이 되었다. 그것도 아버지를 놀라게 할까 봐 아버지가 없을 때만 그래야 했다. 알리시아가 벽을 칠 때면 문틀도 흔들렸다. 마치 문틀마저도 고통을 받고 있다는 듯이.

'진정해, 알리시아!'

어느 날, 알리시아는 자신에게 말했다.

'자, 원하든 원치 않든 상황은 이렇게 되어 버렸어. 네 책은 이미 도둑맞았단 말이야. 이제 넌 무엇을 할 수 있을까?'

클레망스를 찾아가 자신의 권리를 요구할까? 그건 아마도 멍청한 짓일 거다. 알리시아는 클레망스와 눈을 마주하고 직면할 용기가 없었다. 학교의 '스타'가 되어 버린 그녀를. 복도에서 마주치기만 해도 두 다리에 힘이 쑥 빠질 판인데, 가까이 다가가서 얼굴을 마주한다는 건 생각도 못 할 일이었다! 그래서 멀리서 클레망스를 보면 굳이 복도를 돌아서 갔다. 완전히 현실을 떠나 구름 위를 걷고 있는 클레망스가 꼴도 보기 싫었다. 그 미소도, 그 순진해 보이는 얼굴도, 행복에 겨워하는 모습도. 그런 클레망스의 모습은 알리시아가 받은 상처를 떠올리게 했다.

그래서 알리시아는 매일 저녁 심장에 칼을 꽂은 채 집으로 돌아가곤 했다.

『지옥의 사람들』을 출판한 편집장을 만나서, 모든 걸 설명해야 할까?

하지만 편집장이 누구의 말을 믿고 싶어 할까? 자기 스타이자, 자기가 돈을 걸었고, 또 지금 자신에게 큰돈을 벌어 주고 있는 신진 작가 '미르티유-클레망스'? 아니면 허언증 환자일 수도 있는, 어디서 왔는지도 모르는, 느닷없이 나타난 소녀? 아마도 편집장은 출판계에 몸담은 동안, 큰돈을 만져 보고 싶어서 표절을 주장하며 나타난 사람들을 수도 없이 만났을 게 분명했다.

그러니 자신이 진짜 작가임을 증명할 수 있는 증거가 없는 한, 정당한 권리를 요구하기란 어려운 일이다.

그러나…… 해결책은 있었다.

32.

알리시아는 이 곤혹스러운 상황에서 벗어나는 방법은 단 한 가지밖에 없다고 보았다. 그리 간단한 일은 아니었다. 또 시간이 짧게 걸리는 일도 아니었다. 그러나 가장 잔인한 복수가 될 수 있을 방법이었다.

복수를 위해서는 기다릴 줄도 알아야 한다, 안 그런가?

특히 사전에 아무것도 결정된 게 없을 때는 더욱 그렇다. 어차피 한판 대결이다.

알리시아는 한판 대결에 모든 걸 걸 줄 아는 승부사였다.

억제된 분노를 비워 내기 위해서 알리시아는 공을 찰 수도 있고, 몇 시간씩 달리기를 할 수도 있고, 자전거를 타고 수 킬로미터를 달릴 수도 있었다. 그것도 아니면 계속 주먹으로 자기 방 벽을 부술 수도 있었을 거다. 그러나 알리시아는 글쓰기를 선택했다, 매일 저녁, 매 주말, 글을 쓰기로 했다. 그녀의 힘은 키보드를 두드리는 손가락에 있었다. 한동안은 거칠고 모질고 분노에 찬 단어들이 알리시아가 다시 글 쓰는 걸 막고 있었다. 그런데 이제 알리시아는 자기 안에서 그런 단어들이 나올까 봐 더는 두려워하지 않게 되었다. 이제는 자기가 증오에 사로잡히지 않을 거라는 걸 알았다. 왜냐하면, 이젠 자기가 다시 글을 써야 할 이유를 알게 되었기 때문이다. 그것은 자신을 보호하기 위해서였다. 뭔가를 증명하기 위해서였다. 이 새로운 동기는 컴퓨터 앞에서 보내는 시간에 이전과는 전혀 다른 빛깔, 전혀 다른 맛을 부여했다.

몇 주 후, 알리시아는 새로운 작품, 새로운 소설 한 권을 완성했다. 묵직한 책이었다. 315페이지라는 분량 때문만이 아니라, 그야말로 '파문을 일으킬' 만한 책이라는 점에서 그랬다. 그 책은 소동을 일으킬 게 분명했다. 알리시아는 그것을 확신했다!

적어도 그녀는 그렇게 되길 소망했다.

그 책을 다시 읽고, 수정하고, 또 수정하고, 그래서 아주 작은 점 하나조차 바꾸고 싶지 않다는 결심이 서고 났을 때, 알리시아는 엑셀랑스 출판사의 주소와 전화번호를 찾았다. 편집장의 반응이 어떨지 호기심이 생긴 그녀는 우선 인스타그램을 통해 편집장을 슬쩍 건드려 보았다. 미르티유의 두 번째 소설을 맡기겠노라고, 그런데 이번 소설은 '진짜 미르티유가 쓴 것'이라면서. 그러고는 한 번의 클릭으로 편집장에게 자신의 원고『잘못된 선택』을 보냈다. '진짜 미르티유'라는 이름으로 새로 만든 메일 주소로.

몹시 당황한 베릴 마시노는 이틀 후에 인스타그램으로 알리시아와 접촉했다.

"'진짜 미르티유'라니, 무슨 소린가요?"

그녀가 물었다.

알리시아는 편집장의 질문이 건조하다는 데서 깊은 인상을 받았다. 알리시아는 질문으로 답을 대신했다.

"제가 보내 드린 원고를 읽으셨나요?"

"대충 훑어봤습니다."

사실 그건 선의의 거짓말이었다. 호기심이 발동했던 베릴 마시노는 우선 앞부분만 읽어 보기로 했다. 하지만 그녀는『지옥의 사람들』을 처음 읽었을 때처럼, 이 책의 매력에 덥석 빠져들고 말았다. 그녀는 이 새로운 공상 모험에 흠뻑 빠져 버렸다. 자신의 사고가 다른 이의 뇌 속으로 이전된 것을 깨닫고, 자기의 정신을 조종하는 자가 누구인지를 발견하기 위해 추적하는 소녀! 발상은 너무나 독창적이었고, 문체 역시 마음을 졸이며 숨 가쁘게 읽게 했다.

"그런데요? 뭔가 알아챈 게 없었나요, 아무것도?"

"아주 재미있었어요. 문체도 좋았어요."

"나의 첫 번째 소설인 『지옥의 사람들』 문체를 알고 계시죠?"

편집장은 거북한 질문에 답을 않고 회피했다.

"학생은 왜 미르티유라고 사칭을 하죠?"

"사칭하지 않았어요. 내가 바로 미르티유니까요."

알리시아는 클레망스의 속임수와 배신에 대해 편집장에게 모두 이야기했다.

메시지를 읽고 난 후, 베릴 마시노는 얼굴이 새하얘졌다. 이 어린 소녀의 이야기는 사실 신뢰할 만해 보였다. 원고를 도둑맞는 것, 그건 가끔 일어나는 일이다. 그리고 마술사의 모자에서 비둘기가 나오듯이 갑자기 나타난, 자칭 미르티유는 완전히 재능으로 똘똘 뭉친 아이였다. 편집장은 그녀의 원고 『잘못된 선택』이 또 하나의 베스트셀러가 될 거라는 걸 의심하지 않았다. 서둘러 그 책을 출판하려고 이미 결심한 상태였다. 그러나 듣고 보니 문제가 매우 미묘했다.

"학생의 고민을 이해해요. 하지만 내 입장을 한번 생각해 봐요. 신인 작가의 소설을 세상에 내놓는 것도 어려운 일인데, 이제 막 출간한 신진 작가의 책이 실은 두 번째 작품이었다고 설명하면, 독자를 우롱했다고 하지 않겠어요? 그러니 이건 생각처럼 그렇게 쉬운 일이 아니에요!"

그러나 알리시아는 타협하지 않았다.

"난 책 표지에 내 사진을 싣고, '진짜 미르티유'라는 이름으로 출판하고 싶어요. 아니면 출판하지 않겠어요."

베릴 마시노는 그 생각이 우스꽝스럽다고 생각했지만, 그래도 예의를 지키며 알리시아에게 다른 제안을 했다. 그런데 그 제안이 알리시아를 몹시 화나게 했다.

"클레망스가 전혀 모르는 사람도 아니고 학생의 친구인데, 이전처럼 계속 미르티유인 것처럼 해도 되지 않을까요? 학생의 소설을 출판하되, 미르티유의 이름으로 하는 거예요. 대신 클레망스에겐 책의 저자를 확실히 밝히는 증명서에 서명하게 할게요. 그리고 당신의 진짜 이름으로 당신과 계약서를 쓰는 거예요. 물론 그 책의 수익금 일부는 클레망스에게 갈 거예요. 왜냐하면 미르티유의 이름으로 알려진 건 클레망스이고, 그래야만 판매율도 높아질 테니까요. 하지만 수익금의 대부분은 학생이 갖는 거예요. 사실 출판계에서 유명 작가 뒤에 '대작자'가 숨어 있는 건 간혹 있는 이야기예요. 자, 어떻게 생각해요?"

알리시아의 대답은 가차 없었다.

"그래요? 그다음은요?"

수익금을 클레망스와 함께 나눈다고? 그 배신자와? 오, 절대 안 된다! 클레망스가 알리시아의 작업을 또다시 이용하는 일은 결코 없을 것이다. 이 편집장은 말도 안 되는 소리를 하고 있다! 자기 출판사의 명성을 보호해서 이익을 볼 것만 생각하는 것이다. 클레 망스는 절도를 저질러 이미 막대한 돈을 벌었다. 그리고 베릴 마시 노, 하트 입술의 편집장은 클레망스가 단 한 줄도 쓰지 않은 책으 로 이번에도 그녀에게 큰돈을 벌어 줄 걸 제안한다. 편집장은 그것 이, 비난받아 마땅한 클레망스의 첫 번째 악행을 합법화해 준다는 걸 모르는 걸까?

편집장은 고집했다.

"클레망스가 자기 명성과 팬과 인터뷰, 그리고 자기를 따라다니 며 얼굴을 보려고 안달하는 사람들의 문제는 알아서 대처할 거예 요. 그리고 학생과 클레망스는 본래 친구 사이인데, 다시 화해하 고 평화롭게 지내야 하지 않겠어요?"

왜 베릴 마시노는 알리시아에게만은 명성을 맛볼 기회를 금하는 걸까? 팬들, 인터뷰, 그녀를 쫓아다니며 얼굴을 보려고 안달하는 사람들…… 다른 유명인들은 모두 그걸 감당했다. 때로는 심지어 그걸 요청하기도 한다. 클레망스는 알리시아의 눈앞에서 그런 모 든 걸 누렸다. 그리고 알리시아가 보기에도 그런 걸 누리는 게 나

뻔 것같이 보이지 않았다. 이 편집장은 작가들의 삶을 지배하려 한다. 누구를 위해? 왜 알리시아가 영광스러운 삶을 바랄 수 없는 걸까? 그건 알리시아를 즐겁게 해 줄 뿐 아니라, 새로운 소설들을 쓸 수 있는 물질도 제공해 줄 텐데! 의심의 여지가 없다. 어쩌면 그런 삶이 알리시아의 병적인 소심함을 떨쳐 버리게 할지 누가 아는가? 어쨌든 그것을 결정하는 건 알리시아의 몫이다. 편집장이 그녀를 위한 든든한 어깨가 되어 줄지, 아닐지를 알아보는 것 역시 알리시아, 그녀의 몫이다.

"그럴 바엔 차라리 내 눈을 파 버리고 말죠!"

"너무 그렇게 극단적으로 생각하지 말아요. 내가 제안한 방법이 이 문제를 해결하는 데 가장 나을 거예요. 학생은 탁월한 재능을 갖고 있으니까, 몇 년 후에 내가 학생의 진짜 이름으로 책을 출판해 줄게요. 그리고 책의 홍보도 굉장히 근사하게 해 줄게요. 하지만 이 비밀만은 지켜 줘요. 간청할게요."

알리시아는 다시 협박하듯 말하면서, 자신의 담대함에 스스로도 놀란다.

"난 이 새 원고가 지난번 원고보다 더 낫다는 걸 알아요. 아무튼, 난 제일 먼저 당신에게 정중하게 제안했어요. 하지만 내 의견을 반영할 뜻이 전혀 없는 듯하니, 다른 출판사에 원고를 넘길래요. 물론 그쪽 편집장에게 지금까지의 일을 소상히 다 밝힐 거예요."

"그렇게 하지 말아요! 내 경험을 믿어요, 학생. 세상을 시끄럽게 하는 소동은 피하는 게 나아요."

사실 베릴 마시노는 자기 말과는 반대로, 대개의 경우 스캔들이 오히려 돈을 끌어들인다는 걸 너무나 잘 알고 있었다. 십대 작가의 처녀작 성공 이후에 또다시 등장한 책에 쏟아지는 스포트라이트, 그건 확실하게 잭팟을 터뜨려 줄 터였다. 모두가 『잘못된 선택』을 향해 달려올 거고, 너도나도 그 책을 『지옥의 사람들』과 비교할 것이며, 모든 미디어에서 그 책에 대해 떠들어 댈 것이다. 첫 번째 소설을 사지 않았던 사람들까지도 두 번째 책을 사겠다고 뛰어갈 게 분명했다.

물론, 알리시아가 그 책을 다른 곳에서 출판한다면, 엑셀랑스 출판사는 예기치 못한 이 행운을 바로 코밑에서 놓쳐 버리는 게 된다.

그런데도 베릴 마시노는 왜 알리시아의 조건을 주저하며 받아 주려 하지 않는 걸까?

편집장이 말했다.

"학생, 나도 십대 아이를 둔 엄마예요. 그 나이엔 아직 미성숙해서, 혹은 잘 몰라서 얼마든지 실수를 할 수 있어요. 난 학생의 분노를 이해해요. 하지만 학생의 방식을 고집하면, 장담하건대, 학생 친구의 삶은 완전히 망가지는 거예요. 난 학생이 부디 그 점을

177

생각해 주길 간절히 바라요."

그러면서 마지막 충고도 덧붙였다.

"이것만은 약속해 줄래요? 지금부터 내일까진 뭐든 실행에 옮기지 않겠다고, 그것만 약속해 줘요. 나도 다른 해결책을 생각해 본 후에 내일 저녁에 다시 전화할게요. 학생도 조금 더 생각해 보도록 해요. 중요한 결정을 내리기 전엔 반드시 하룻밤 더 숙고해 보는 게 좋아요."

그러면서 편집장은 알리시아가 약속 시간 전에 만나고 싶어 할지도 모른다는 생각에서, 자기의 개인 전화번호를 가르쳐 주었다.

"한밤중이라도 좋으니까 언제라도 내게 전화해요."

이렇게까지 하면, 내일 오후까지는 알리시아도 기다려 줄 거라고 생각한다. 『잘못된 선택』, 그 책이 대박을 치리라는 건 확실했다!

33.

 알리시아로선 베릴 마시노에게 신속히 대답해야 할 의무가 없
다. 생각할 시간을 좀 더 가지면서, 어느 쪽이 나을지 가늠해 보고
싶다. 절대로 실수하지 않기 위해서, 절대로 선택을 후회하지 않
기 위해서. 만일 생각하기 위해 몇 주일이 필요하다면, 그렇게 할
것이다. 급할 건 없다.

 편집장과 약속한 다음 날 저녁, 편집장이 전화를 해서 심경의
변화가 있는지 물어왔을 때, 알리시아는 더 생각해 보겠노라고 말
했다. 베릴 마시노는 현명한 결정이라고 했다.

 알리시아는 아직 어떻게 해야 할지 모른다. 클레망스가 한 짓

을 처벌하지 않은 채로 남겨 둘 수 있을까? 클레망스의 과오를 없던 것처럼 잊어버려야 할까? 용서할 수 없는 사람을 용서할 수 있을까? 다른 사람의 삶을 손아귀에 쥐는 건 힘을 줄 수 있다. 하지만 책임감도 있다. 클레망스는 알리시아의 손가락 끝에 달린 꼭두각시에 지나지 않는다. 알리시아는 그 애가 절벽 위에 달린 줄 위를 걸어가게 할 것이다. 손가락으로 한번 툭 튕기는 것만으로도 클레망스를 허공으로 떨어지게 할 수 있다. 아니면 그녀가 무사히 앞으로 나가게 놔둘 수도 있다. 그것은 몹시 기분 좋은 일인 동시에…… 또한 매우 괴로운 일이기도 하다!

"내일은 토요일이야. 함께 농구장에 가자. 다음에 또 갈 건지 어떨지는 일단 한번 가 보고 나서 정해."

매주 토요일에, 그러니까…… 클로비스가 알리시아를 두 팔에 안고 보건실로 데리고 간 이후로, 알리시아는 토요일마다 그가 농구 시합을 하는 곳으로 간다.

처음에는 마지못해 갔었다. 아무것도 하지 않고 가만히 앉아서, 남자애들이 왼쪽에서 오른쪽으로, 또 오른쪽에서 왼쪽으로 우르르 공을 쫓아다니는 것만 구경하고 있는 게 대체 무슨 재미가 있을까 싶었다.

그러나…… 거기서 알리시아는 아주아주 오랜만에 '청소를 싹 끝내고 났을 때 느끼는' 그런 상쾌한 기분을 가질 수 있었다. 클레망스 생각을 조금도 하지 않은 채 두 시간이 훌쩍 지나다니! 알리시아는 관중석에 앉자마자 금방 농구 게임에 사로잡혔다. 그녀는 클로비스를 열심히 응원했다. 그러는 동안 뇌는 싹 비워졌다. 생각하고, 생각하고, 곱씹어 생각하는 게 멈췄다.

비록 클로비스는 시합에 졌지만, 그러나 알리시아는 자기와의 시합에서 이겼다. 초대하지 않았는데도 머릿속으로 스멀스멀 기어들어 오는 끈질긴 생각과의 시합에서.

클로비스는 시합에서 진 것 때문에 실망했다. 사실 그는 알리시아를 깜짝 놀라게 해 주고 싶었다.

'결정적인 7득점을 놓친 걸로 알리시아를 놀라게 해 주고 싶었던 건 아닌데⋯⋯.'

그는 시합에 진 게 못내 아쉬웠다.

하지만 체육관 문 앞에서 기다리고 있던 알리시아의 편안한 미소는 그 생각이 틀렸다는 걸 알려 주었다.

"너, 정말 잘하더라! 대단해!"

"정말?"

하기야, 알리시아는 농구를 제대로 볼 줄 아는 애가 아니다.

"그럼. 달리기도 빠르고, 빠져나가는 것도 요리조리 잘 빠져나가던걸. 패스한 공도 잘 받고 말이야."

"그렇지만 득점을 못 시켰잖아."

"매번 골을 넣을 순 없는 거잖아."

알리시아는 그에게 관대했다. 클로비스는 그 애의 마음을 살폈다.

"정말? 정말 괜찮았어?"

"그렇다니까. 재미있었어."

"그럼, 또 올래?"

알리시아는 잠시 생각하고 나서 말했다.

"아마 매주 토요일은 못 오겠지만, 시간이 되면 또 오지 뭐."

클로비스가 미소를 지었다.

그 후로 알리시아는 토요일마다 농구 시합을 보러 왔다. 클로비스는 알리시아가 자길 보러 온 거라고 믿었고, 알리시아로선 그런 생각을 막을 수 없었다. 알리시아는 늘 자기를 따라다니는 우울한 생각들을 깨끗이 쫓아 버릴 수 있는 그 두 시간이 자기에게 너무나 큰 도움이 된다는 걸 알게 되었다.

34.

그 토요일엔 클로비스의 팀이 이겼다. 그는 뿌듯했다. 그날 그는 마치 신처럼 펄펄 날아다녔다. 득점, 득점, 클로비스는 수상자 명단에 들기에 충분했다. 덕분에 그의 팀은 상대팀을 완전히 박살 냈다.

"104 대 52. 믿어져? 굉장한 스코어야! 확실하게 완패를 시킨 거지!"

클로비스는 매우 만족스럽다. 그 기분은 말로만 그칠 수 없다. 그는 행복감에 젖어서, 알리시아를 번쩍 안아 들고 빙글빙글 돌렸다. 알리시아는 깃털처럼 가볍다.

자기도 모르게 알리시아의 코에 입술이 닿았다. 알리시아가 웃는다. 클로비스는 당황하고 거북해져서 얼른 그녀를 내려놓는다.

클로비스와는 우정에서 조금 더 나아간 걸까? 알리시아는 우정 이상의 어떤 감정이 자신을 살짝 스쳤음을 부인할 수 없다. 특히 클로비스가 '구내식당에서 자신을 구해 준 구원자'였다는 걸 알게 된 후로. 로맹과 다른 아이들의 비웃음이 처음엔 신경에 거슬렸다. 하지만 그 웃음들이 결국엔 그녀가 자기 자리를 잡게 밀어주었다.

클로비스는 아주 잘생긴 소년이다. 그는 친절하다. 세심하다. 또 매력적이기까지 하다. 그 또래 소년으로선 그만큼 모든 걸 다 갖추기도 쉽지 않은 일이다. 게다가 자기 자리를 지킬 줄 알면서 그렇게 하기란. 물론 문학적인 면에선 그가 젬병이라는 데 동의한다. 대신에 그는 농구에 대한 열정을 갖고 있고, 그건 그가 뭔가에 흥미를 느끼고 있음을 증명한다. 그게 독서가 아니란 건 못내 애석하지만……. 오랫동안 알리시아는 클로비스를 교내 식당에서 옆에 앉는 반 친구로, 그다음엔 호감 가는 친구로 생각했다. 그런데 지금은 학교에서 그를 만나는 즐거움 때문에 알리시아를 일찍 일어나게 만드는 그런 사람이 되었다.

이렇듯 시간이 지나면서 클로비스에 대한 마음도 차츰 자라났다. 우선 교실에 들어갈 때, 자신을 향한 그의 미소를 볼 때마다 알리시아는 배에서 이상한 떨림을 느낀다. 마치 배 안에서 수많은 나비 떼가 날아다니는 것처럼. 다른 사람에게서는 이런 묘한 감정을 한 번도 경험해 보지 못했다는 걸 바로 조금 전에야 알아차렸다. 그리고 보니 클로비스가 알리시아에게 말을 할 때면 그녀도 바보같이 웃고 있었다. 인스타그램에서 그의 사진을 들여다보고 있는가 하면, 저녁에는 혹시 그에게서 문자가 오지 않을까 기다리기도 했다. 비록 수학 문제를 물어 오는 것이긴 하지만.

알리시아는 클로비스를 향한 애정이 조금씩 커지고 있다는 걸 희미하게 느끼긴 했지만, 그래도 그 모든 건 아직 머릿속에 뿌옇게 존재할 뿐이었다. 우선 남자아이를 향해 어떤 감정을 갖는다는 게 뭘 의미하는지 잘 모른다. 사실 알리시아는 한 번도 남자 친구를 가져 본 적이 없었다. 만일 있다면, 자기에게 친절한 남자아이를 보면서 배 안에서 나비들이 춤추는 듯한 경험을 갖는 건 정상이라는 걸 알았을 것이다.

이전에 알리시아는 수요일 오후마다 클레망스를 만나서 행복하게 함께 달렸었다. 그러나 지금 그녀는 아침마다 교실에서 클로비스를 만날 생각에 가슴이 설렌다. 이 둘은 서로 비슷한 감정일까?

하지만 지금 클로비스의 '연인'이 된다는 건, 어떤 이들의 생각처럼, 우웩!이다. 우선 알리시아는 너무 어렸다. 그리고 너무 의심이 많았다. 자신에게 보여 주는 클로비스의 세심한 배려와 섬세한 태도 뒤에 행여나 뭔가 꿍꿍이속이 있는 건 아닐까 하는 두려움이 있었다. 만에 하나, 그가 뒤에서 친구들과 함께 알리시아에 관해 뒷이야기를 하며 낄낄거리고 있을지 누가 알까? 그녀를 웃음거리로 만들기는 쉬울 것이다. 멋진 근육에 운동을 잘하고 쾌활하고 키가 큰 소년 앞에서, 통통한 두 볼이 '나는 기름진 칩과 버터크림을 좋아해'라고 외치는 듯한 이 짤막한 다리의 작은 금발 소녀는 비교가 안 된다. 혹은 너무나 비교가 된다.

클레망스의 배신 이후에 알리시아는 또 다른 배신에 직면할 준비가 되어 있지 않다. 더는 아무도 신뢰하지 못했다. '자라 보고 놀란 가슴 솥뚜껑 보고 놀란다'는 속담이 있다. 알리시아의 머릿속에서 배신의 모욕을 지우기 위해선 대체 얼마나 많은 시간이 필요한 걸까? 다시 누군가를 신뢰하기 위해선 알리시아에게 몇 주, 몇 달, 아니면 몇 년이 더 걸릴까?

하지만 코에 살짝 입을 맞춘 건 얼마나 당황스러운 일인가? 그건 뭘 의미할까? 그건 약간 우스꽝스럽긴 하다, 안 그런가?

186

35.

농구 시합이 있는 토요일 오후는 점점 더 길어진다. 처음에 알리시아는 시합 시간에 관중석에 앉았다가, 시합이 끝나는 마지막 호루라기가 울리면 곧장 집으로 돌아가곤 했다. 그러다 조금 지나서는 체육관 문 앞에서 클로비스를 기다리기 시작했다. 그리고 이젠 체육관 앞에서 작별 인사를 하는 시간이 조금씩 더 길어진다. 오늘 클로비스는 알리시아를 집 앞까지 데려다준다.

그러면서 둘은 가는 길에 자기 이야기를 서로 상대에게 털어놓는다. 클로비스는 부모님의 이혼과 큰 집을 팔아야 했던 일, 행복했던 과거의 추억을 모두 그 집에 남겨 두고 와야 했던 일, 그래서 그의 가슴이 터질 것 같았던 일, 올해 초에 이사했던 일, 그리고 이 도시에 오게 된 일 등을 이야기했다. 그리고 이 학교로 전학 온 첫날, 창가 옆줄의 첫 자리에 앉아서 처음으로 알리시아의 미소를 보았던 이야기까지. 알리시아는 엄마의 죽음에 대해서, 또 이유는 말하지 않고 지금은 멀어져 버린 친구 클레망스에 관해 이야기했다. 그리고 창가 옆줄 첫 자리에 앉아 있는 클로비스의 미소를 보았던 것도.

*

누가 상대를 돌봐 주었던 걸까? 누가 그 슬픔 속에 영원히 젖어 있지 않도록 상대를 도와준 걸까? 어쨌거나 소년과 소녀는 서로 사랑한다. 그건 확실하다.

알리시아가 클로비스에게 클레망스와 사이가 벌어진 이유를 이야기하기까진 꽤 오랜 시간이 걸렸다. 그녀는 자기 문제에 그를 끌어들이고 싶지 않았다. 하지만 그날만큼은 알리시아의 얼굴에 나타난 분노가 쉽게 가시지 않는다.

"무슨 일이 있어?"

클로비스가 묻는다.

"아니, 없어. 괜찮아!"

"거짓말! 그러지 마! 지금 네 얼굴에 걱정이 가득한데 뭘 그래."

알리시아는 클로비스에게 거짓말을 하고 싶지 않다. 그를 알게 된 이후로, 그에게 '미르티유'의 이야기를 한 적이 한 번도 없었다. 둘 사이에선 그 이야기가 화제에 올라 본 적이 없다. 오, 있다! 딱 한 번. 그 책이 성공하고 나서 며칠 후에.

그때 클로비스가 놀라서 말했다.

"너, 알았니? 그 여자애 말이야, 베스트셀러를 썼다는 애. 글쎄 그 애가 우리 학교에 다닌대. 정말 신기하지 않니? 열세 살에 책을 쓰다니, 정말 기가 막히지. 그것도 무려 베스트셀러야! 정말 죽이지 않아?"

평소 클로비스는 복도에서 떠도는 소문이나 쑥덕공론 같은 것에 전혀 관심이 없었다. 하지만 그건 정말 어마어마한 이야기였다. 누가 그 이야기를 무시할 수 있을까?

"그 애, 전에 네 친구 아니었어?"

"예전에!"

알리시아의 퉁명스러운 대답이 그 이야기에 마침표를 찍어 주었다. 클로비스도 더 묻지 않았다.

게다가 아이들이 클레망스 이야기를 할 때면, 주로 그 책과 그 애의 명성에 관한 이야기뿐이었다. 그들도 더는 클레망스를 알리시아와 연결 짓지 않았다.

이제 실과 바늘 같았던 '단짝 친구 알리시아와 클레망스'는 옛날

이야기가 되어 버렸다!

  하지만 오늘, 알리시아는 화가 나서 미칠 지경이다.

  전날 베릴 마시노와 이야기를 나눴던 그녀는 아직 노여움이 가
라앉지 않았다. 어떻게 알리시아에게 그런 거래를 제안할 수 있단
말인가? 단 한 줄도 쓰지 않았고, 용서도 구하지 않았고, 심지어
'미르티유'의 새 소설이 존재하는 것도 모르는 클레망스, 그 애의
배신을 낱낱이 밝혀내라고 제안해도 모자랄 판에! 오히려 클레망
스에게 돈을 벌게 해 주고, 그 애를 무대 전면에 세우라고? 그 애
의 공이라곤 첫 번째 원고를 훔쳤다는 것뿐인데, 그것 때문에 그렇
게 해야 한다고? 클레망스가 멍청한 이야기나 지껄여 대는 그따위
인터뷰를 두세 번 더 할 수 있게 하려고 그렇게 한다고? 완전 헛소
리다!

  분노의 눈물이 두 뺨을 타고 흘러내린다.

  클로비스는 알리시아를 그처럼 동요하게 할 만큼 심각한 문제가
무엇인지 걱정이 된다. 그는 부드러운 목소리로 그녀를 진정시켜
보려고 한다.

  "있잖아, 뭐든 말해도 돼. 말해 봐, 털어놓아 보라니까!"

  이 마지막 문장이 알리시아에게 전기충격 같은 효과를 낸다. 아
닌 게 아니라 그녀는 이 일로 인해 너무나 화가 나 있어서, 그 분

노를 비워 낼 필요가 있다. 알리시아는 흔들린다. 그래서 결국 클로비스에게 모든 걸 털어놓는다, 그녀의 또 다른 정체성인 미르티유에 대해 한 번도 그에게 말해 본 적이 없다는 것도 잊어버린 채. 분노의 감정을 마구 털어놓다 보니, 클로비스가 마치 이 절도 사건을 이미 알고 있는 것처럼 말하고 있었다.

그러나 갑자기 이 사건을 접하게 된 클로비스에게 알리시아의 이야기는 클레망스, 원고, 편집장이 뒤죽박죽으로 뒤범벅된, 도통 알아들을 수 없는 이야기뿐이다! 문장들도 앞뒤가 맞지 않는다. 클로비스는 하나도 이해하지 못한다. 복잡하게 얽힌 이 이야기는 대체 뭐란 말인가? 그는 머릿속에서 이해할 수 없는 이야기들을 어떻게든 퍼즐 맞추듯이 맞춰 보려고 애쓴다. 알리시아가 던져 주는 단서들을 따라서 빈 곳들을 하나씩 채워 나간다.

그러다 갑자기 그가 펄쩍 뛴다.

"오, 제발! 아니, 그럴 리가 없어……. 말도 안 돼……. 미르티유……가, 그러니까 네 말은 그 미르티유가…… 너란 말이야?"

알리시아는 그제야 그 비밀을 이제까지 혼자만 간직하고 있었다는 걸 깨닫는다. 이전엔 아무에게도 그걸 말한 적이 없었다. 심지어 아버지도 모르는 일이다. 그렇건만 그녀의 분노가 이 모든 걸 거침없이 쏟아 놓게 하고 말았다.

"오, 미안! 미안해!"

알리시아가 사과한다.

미안하다고? 뭐가? 클로비스는 알리시아가 지금껏 자기에게 아무것도 말하지 않은 것에 대해서 전혀 섭섭해하지 않는다. 다만 새롭게 알게 된 이 소식에 완전히 얼이 빠졌을 뿐이다.

36.

알리시아는 그날 밤 잠을 이루지 못한다. 그녀는 그 비밀을 드러내지 않겠노라고 스스로 맹세했었다. 그런데 흥분해서 그만 예상치 못한 한순간에 스스로 함정을 파고 말았다. 아무도 모르는 한, 비밀은 절대로 퍼져 나갈 수 없는 법이다. 말을 너무 많이 한 게 후회가 된다. 복수할 계획을 다 짜기도 전에 클레망스에게 자기의 정체를 들킬까 봐 두렵다.

'클로비스가 누군가에게 말을 해 버리면 어떻게 하지? 그를 정말 믿어도 될까?'

알리시아는 침대 위에서 이리 뒤척 저리 뒤척 하고 있다.

'따지고 보면, 난 아직 잘 모르잖아. 그 애가 어떤 애인지!'

알리시아는 마음이 진정된다.

'좋아, 그 애가 정말 믿을 만한 사람인지 확인해 보는 기회가 될 거야.'

알리시아는 왜 아직도 자신을 괴롭힐까? 어쨌거나 속내 이야기를 여러 사람에게 털어놓고 말았다. 먼저 그 친애하는 베릴 마시노. 그리고 클로비스. 그러나 클로비스는 아무나가 아니다! 그 일을 알아야 할 권리를 가진 사람이 있다면, 그건 바로 클로비스이다. 데이트하는 사이에 비밀이 있다는 건 좋은 일이 아니니까.

*

알리시아는 너무 많은 걸 이야기했다. 아니면 충분히 하지 않았는지도 모른다. 클로비스는 이 믿을 수 없는 이야기에 열광했고, 이제 그 이야기를 처음부터 끝까지 다 알게 되었다. 먼저 알리시아는 그가 묻는 걸 모두 상세하게 이야기해 주었다. 그리고 누군가와 그 이야기를 나눔으로써 많은 위안을 얻었다. 그녀 안에 갇혀 있던 비밀들은 갑갑한 곳에 너무 옹색하게 있던 나머지, 정신적 타격의 원인이 되기 시작한 즈음이었다. 그것들을 계속해서 반추하고 지겹도록 되씹는 바람에, 미치기 직전에 이를 정도로 그녀의 뇌를 갉아먹어 왔었다.

클로비스는 클레망스에 대해 알리시아보다 더 화가 난 것 같았다. 해를 입힐 수도 있었다, 그녀에게. 물론 사랑하는 소녀에게가 아니라, 그 소녀에게 상처를 준 여자애에게. 급기야 그는 클레망스를 미워하기 시작한다. 증오하기 시작한다. 알리시아보다 더. 그는 클레망스를 모르는 데다가, 지금으로선 그녀에게서 단점밖에 볼 수 없다는 점을 기억해야 한다.

"이 일을 그냥 넘어가진 않을 거지? 그럴 거라 믿어. 이건 정말 분노해야 할 일이야! 유명해지는 건 너여야 해!"

"난 유명해지는 것엔 관심 없어!"

유명해지는 건 소심한 사람에겐 너무 버거운 일이니까.

"하지만 그 애가 모든 걸 다 빼앗아 갔잖아!"

그래, 그건 맞다. 알리시아도 그걸 알고 있다. 너무 잘 안다!

"그래서 넌 어떻게 할 건데?"

클로비스가 일단 진정하고 나서 물어본다.

"칫! 너는 특별한 아이디어라도 있어?"

"난 운동선수야. 이기는 게 목표인 사람이란 말이지. 그리고 난 게임에서 지는 걸 좋아하지 않아. 그러니 네 입장이라면, 난 그 애에게 지는 걸 못 견딜 거야."

"그래서 어떤 충고를 하고 싶은 건데? 새 소설 『잘못된 선택』을 다른 출판사에서 출판할까? 하지만 그건 클레망스의 삶을 완전히 망치는 걸 의미해."

클로비스는 지는 걸 싫어하지만, 그렇다고 경쟁자에게 모욕을 주는 것도 좋아하지 않는다. 그는 정정당당하게 이기는 편을 좋아한다.

"역할 놀이를 해 보자."

그가 알리시아에게 제안한다.

"내가 클레망스라고 상상해 보는 거야."

알리시아는 클로비스를 클레망스라고 여기고 말을 하면, 재미있을 거라는 생각이 든다.

"좋아, 해 봐!"

"내가 네 원고를 훔쳤어."

클로비스가 시작한다.

"그런데 놀랍게도 그 책이 불티나게 팔린 책이 되었지. 하지만 편집장이랑 학교 친구들과 선생님들은 모두 내 범죄를 모르고 있어."

"범죄? 그건 좀 심하다. 어쨌든 오케이. 모두 네가 그 베스트셀러 작가라고 생각하고 있는 상황이야."

클로비스가 다시 말한다.

"설령 내가 그 진탕 속에 있는 걸 알아차렸다 해도, 감히 부모님

196

께 두 분을 속였노라고 고백할 수 있을까?"

"못 할 것 같아."

"내 생각엔, 진실을 너무 오랫동안 감추고 있으면, 뒤로 돌아가기는 이미 불가능해. 사람들을 실망시키는 건 너무 힘든 일이거든! 한번 실망시키면, 그 후론 더는 아무에게도 신뢰감을 주지 못한다는 걸 잘 아니까. 살아 있는 내내 그럴 거라는 것도."

"그래, 클레망스도 그것까지 생각했을 게 분명해!"

두 사람은 더는 아무 말도 못 한다. 그들은 서로를 바라보며, 이런 상황은 함부로 설명하기가 어려운 것임을 깨닫는다.

"그런데 너, 클레망스와의 관계는 지금 어떻게 된 거야?"

클로비스가 묻는다.

알리시아는 클레망스와 단짝 친구였다. 7년 동안 두 소녀는 똑같은 걸 좋아했고, 똑같은 꿈을 꿨다. 서로 떼어놓을 수 없는 사이였다.

클레망스가 그녀를 배신한 지금, 알리시아는 그 옛 친구가 정말 어떤 사람인지 더는 알 수 없다고 생각한다. 클레망스는 이런저런 사건들 때문에 잠깐 길을 벗어난 걸까? 단지 이익을 좇아 행동하느라, 무대에 설 기회가 왔다고 생각해서 그 기회를 잡았던 걸까? 만일 그 일이 그렇게 쉽지 않았더라면, 클레망스는 절대로 그런 일을 벌이지 않았을까? 아니면 클레망스가 처음부터 비겁한 이기주

의자였을 뿐인데, 다만 알리시아가 못 알아차렸던 걸까?

"몇 달째 그 애에게서 아무 연락도 없어. 텅 빈 USB에 대해 서로 이야기한 이후로 말이야. 그 애가 나 대신 내 소설을 출판했다고 한 그날 이후로. 그때부터 완전 침묵이야!"

클로비스가 깜짝 놀란다.

"그 애더러 왜 그랬느냐고 물어봤어? 그런 일, 그런 유혹은 워낙 강렬한 거라, 아마도 충동적으로 그랬을 거야!"

"난 그 애의 대답을 알아듣지 못했어. 제대로 듣지도 못했지. 그 앤 울먹이면서 말했고, 난 너무 충격을 받아서 정신이 나갔더랬으니까."

"그럼 그 후에도 다시 물어보지 않았어?"

"안 물어봤어!"

"그럼 아마도 이번이 그 기회일 거야. 전화를 걸어서 그 애에게 확실하게 물어봐. 자기가 저지른 잘못을 바로잡기 위해 어떻게 할 건가에 대해서."

"네 말이 맞아! 그 애의 대답에 따라서 『잘못된 선택』을 어떻게 할지 결정해야겠어!"

37.

결심했다. 알리시아는 다시 클레망스와 접촉해 볼 것이다. 그녀는 클로비스와 많은 이야기를 나누었고, 두 사람은 차근차근 계획을 세웠다. 우선 목표는 클레망스가 정말 어떤 아이인지를 알아보는 거다. 진짜 악녀일까, 아니면 예기치 못한 상황에서 자기도 모르게 잠깐 빗나간 걸까? 단도직입적으로 공격해 볼까? 클레망스는 아무 말이나 할 수도 있다. 그저 곤란한 상황을 피해 가기 위해 상대가 원하는 답을 말할 수도 있다는 소리다. 내면 깊은 곳에서 그 애를 움직이는 동기, 그러니까 그 애의 진정한 성향에 대해서는 아무것도 모를 수도 있다.

소년 소녀의 계획은 꽤 위험한 것이긴 했다. 하지만 두 사람의 눈에는 그게 유일하게 효과적인 방법처럼 보였다.

알리시아에겐 '진짜 미르티유'라는 이름의 새 주소, 그러니까 편집장 베릴 마시노와 접촉할 때 사용했던 그 주소가 있으니, 옛 친구를 테스트해 볼 수 있을 거였다. 알리시아 라바르로서는 클레망스에게 두려움을 줄 수 없을 거다. 그러니 수수께끼 인물인 '진짜 미르티유', 원고를 탈취당한 인물로 등장하는 거다. 그때 클레망스가 보여 주는 반응이 알리시아의 다음 행보를 결정하는 데 단서를 제공할 것이다. 모든 책임은 클레망스에게 있다. 만일 그녀가 잘못된 선택을 한다면, 물론 알리시아는 그녀에게 호의를 보여 주지 않을 셈이다. 그렇게 되면, 클레망스가 문학계를 발칵 뒤집을지도 모를 추문으로부터 과연 빠져나올 수 있을까?

알리시아, 일명 미르티유가 첫 메일을 보낸다. '곧 내 편지를 받게 될 거야!'

자, 이제 그녀는 과일 속에 벌레 한 마리를 집어 넣은 격이다.

그 이후로 두 소녀 사이에 여러 통의 메시지들이 오고 간다.

몇 번의 편지를 주고받아도, 클레망스에 대해 알리시아가 갖고 있는 섭섭하고 꽤씸한 마음은 줄어들지 않는다. 그녀는 옛 친구가 후회나 반성이나 미안한 마음을 표현해 주길 바랐으나, 아무런 반응이 없다. 그래서 알리시아는 복수와 협박을 외치기에 이른다. 사실 이 계획은 클레망스를 시험해 보는 것 외에, 알리시아 자신이 분노로부터 해방되기 위한 것이기도 했다.

여러 번 실망했음에도 불구하고, 알리시아는 또, 그리고 여전히 클레망스가 결국엔 용서를 구하길 바랐다.

그러나 알리시아의 바람은 이뤄지지 않는다. 클레망스는 여전히 건조하고 고집스럽다.

그리고 '진짜 미르티유'가 다시 알리시아가 되어서 "그래서?"라고 짧고 간단한 마지막 메시지를 보냈을 때, 클레망스는 대답조차 하지 않았다.

"자, 이제 결정된 거야."

클로비스가 내뱉는다.

38.

클레망스와 주고받은 실망스러운 편지들과 클레망스의 뻔뻔한 태도는 알리시아가 마지막 결정을 하도록 내몬 셈이 되었다. 클레망스는 알리시아를 속였다. 알리시아는 이제 그 애를 비열하고 형편없는 아이라고 생각하기로 했다.

클레망스가 거만한 데다, 잘못을 고칠 뜻이 전혀 없는 아이란 게 드러났으니, 알리시아도 이제 더는 그 애를 존중하지 않을 것이다. 결정은 내려졌다. 베릴 마시노에겐 미안하지만, 『잘못된 선택』을 다른 출판사로 보내겠다고 알릴 것이다. 그래서 베릴 마시노에게 보낼 메시지를 작성한다.

많이 생각해 봤는데, 당신 출판사에서 책을 내지 않기로 결정했습니다. 다른 출판사에 내 원고를 맡겨서, '진짜 미르티유'라는 이름으로 출판할 것입니다.

그러나 차마 그 메시지를 보내진 못한다. 알리시아는 여전히 고민한다. 이 순간 그녀는 마치 미합중국 대통령이 된 기분이다. 핵전쟁 개시를 알리는 붉은 버튼을 누르기 위해 타원형 책상 앞에 혼자 앉아 모든 관계와 여러 가지 상황을 고려하며 고민 중인…….

'분명히 대통령은 이 주도권 행사를 혼자 결정하진 않아.'

클로비스는 농구 훈련이 끝난 후에 알리시아의 집에 들르겠다고 약속했다. 그래서 그를 기다리는 중이다. 그가 메시지를 다시 읽어 보고, 자기 생각을 말해 줄 것이다. 클로비스, 그 애는 좋은 조언자이다. 어떤 문제에 대해서든 냉철하고 객관적인 사고를 할 수 있다.

그런데 그 친구, 클로비스는 지금 뭘 하고 있는 거지? 시간이 많이 늦었다. 오기로 한 시간에서 벌써 40분이나 지났다. 초조해진 알리시아는 계속 왔다 갔다 서성거리느라 생각을 바꿔 보기 위해 책을 펼쳐 볼 마음도 없다. 시계만 쳐다보고 있을 때는 1초가 어찌나 길게 느껴지는지 모른다. 1초 1초가 마치 고의로 우리의 신경을 거스르려고 느리게 가는 것만 같다.

딩동! 드디어 초인종이 울린다. 알리시아는 단숨에 계단을 내려가 현관에 이른다. 그녀의 음성이 무뚝뚝하다.

"어디 갔다 온 거야? 뭘 하다 이제 왔는데?"

"미할이 이사를 가. 그래서 친구들과 모여서 잠깐 이별식을 하고 오는 길이야."

"그럼 미리 알려 줬어야지!"

알리시아는 신경이 날카로워져 있었다. 클로비스가 사과한다.

"미안해! 시간이 이렇게나 지났는지 몰랐어. 겨우 10분쯤 지난 줄 알았는데 말이야."

알리시아의 마음이 다시 누그러진다. 그들은 알리시아의 노트북이 있는 책상으로 다가간다.

"편집장에게 보낼 메시지를 썼어. 네게 보여 준 다음에 보내려고 널 기다리고 있었어. 자, 이거 읽……"

알리시아가 멈칫한다. 그녀가 자리를 비운 사이에 긴 메일 한 통이 와 있었다. 클레망스로부터!

알리시아,

날 용서해 줘. 내가 정말 어리석었어! 지금까지 일어난 모든 일이 날 너무 들뜨고 취하게 만들었어. 네 말이 맞아. 그동안 난 나만 생각했고, 널 완전히 잊어버렸어. 유명 작가가 되는 걸 너무나 꿈꾼 나머지, 기회가 눈 앞에 왔다고 생각하자, 다른 모든 건 다 제쳐 버렸어. 어떤 결과가 올지, 그런 건 생각도 하지 않았지. 내가 무슨 짓을 했는지 깨닫고 났을 땐, 내가 이토록 한심한 인간일 수도 있다는 걸 받아들이고 싶지 않았어.

네게 말도 안 되게 못할 짓을 했다는 걸 잘 알아. 내가 너라면, 과연 날 용서해 줄 수 있을지 모르겠다. 그 생각이 날 너무 고통스럽게 해. 우리 가 함께 나눴던 것들을 생각해 보니, 난 네게 너무 많은 슬픔을 주었어. 그래서 넌 평생 날 증오하게 될 거야. 그걸 생각하면 눈물만 나.

최근 몇 주간 난 허영에 싸여서 살았어. 내가 정말 기쁨을 만끽했던 건 처음 며칠뿐이었어. 그다음엔 내 인생이 아름다울 거라고 믿으려고 안 간힘을 썼었지. 그러나 실제로 내 인생은 정말 하찮게 되고 말았어.

어젯밤에 『지옥의 사람들』을 다시 읽었어. 하지만 이번엔 그 문장을 쓴 게 너라는 걸 알고 읽었지. 네 책은 정말 훌륭해. 넌 정말 특별한 재능을 가졌어. 그런 네 재능에 대해 난 마음속 깊이 몹시 질투하고 있다는(또 했었다는) 생각이 들어. 네 글을 읽으면서 난 내가 작가가 될 수 없다는 걸 알았어. 난 네 발끝에도 미치지 못한다는 걸 알아. 네 글은 가슴을 뛰 게 만들고, 천재적이야. 네 재능은 날 감동케 해. 그런데 난 네게 몹쓸 짓을 하고 말았어. 정말 멍청한 짓이었지. 나 자신이 너무 한심해. 난 너 무 후회해. 내가 얼마나 후회하고 있는지 네가 안다면! 난 우리의 수요 일 오후도 아쉬워하고 있어, 많이.

널 영원히 잃어버렸다는 게 못 견디게 괴로워.

내가 얼마나 후회하고 있는지 넌 절대 모를 거야.

미안해, 미안해, 미안해.

알리시아는 가슴이 북받친다. 의자에 털썩 주저앉는다. 그리고 마치 동상처럼 움직이지도, 입을 열지도 않는다. 클레망스의 메시지가 그녀의 가슴 한복판을 꿰뚫는다, 강렬하게.

마침내!

드디어 클레망스는 진실한 말로 사과를 했다. 드디어 그 애는 가면을 벗었다. 드디어, 그 애는 알리시아가 이제까지 늘 알고 있었던 클레망스로 되돌아왔다. 알리시아가 7년 동안 그토록 좋아했던 클레망스로. 보잘것없는 글들을 쓰고, 그걸 평가하며 즐거워하던 클레망스로. 드디어!

알리시아의 얼굴이 온통 눈물로 젖는다.

베릴 마시노에게 보내려고 했던 메시지는 결코 수신자에게 닿지 못할 것이다. 그 메시지는 완전히 삭제되었다.

클레망스는 자신의 삶이 간발의 차이로 바뀌었다는 사실을 알까? 클로비스가 늦게 온 덕분에. 농구팀의 미할이 이사를 간 덕분에. 미할, 알리시아가 거의 모르는 미할. 운동장에서 달리는 그를 아주 멀리 관중석에서 잠깐 보았을 뿐인 미할. 클레망스가 전혀 모르는 미할, 그 미할 덕분에.

206

39.

알리시아는 베릴 마시노에게 다시 새 메시지를 보낸다. 전혀 다른 내용이다.

편집장님,

오랫동안 생각했어요. 편집장님 말씀이 옳아요. 작가 이름을 정정해 달라고 고집을 부리거나 복수를 원하는 것은 터무니없는 짓이에요. 제게 중요한 것은 책을 출간하는 거예요. 만일 편집장님이 원하신다면, 『잘못된 선택』을 제 본명인 알리시아 라바르로 출판하실 수 있습니다. 유치하고 우스꽝스러운 '진짜 미르티유'라는 이름은 포기하겠어요.

알리시아는 편집장의 말을 기억한다. '신인 작가의 소설을 세상에 내놓는 것도 어려운 일인데, 이제 막 출간한 신진 작가의 책이 실은 두 번째 작품이었다고 설명하면, 사람들은 독자를 우롱했다고 하지 않겠어요?' 사실 첫 문장은 허풍이다. 재능만 있다면, 신인 작가의 작품을 세상에 내놓는 건 그다지 어렵지 않다. 익명의 작가가 쓴『지옥의 사람들』의 마케팅이 문제였을 때도 베릴 마시노는 많은 질문을 제기하지 않았었다. 독자들은 십대인 천재 소녀의 소설에 열광하여 빠져들었다. 더욱이 십대 독자들은 혜성처럼 나타난 자기 또래의 신인 작가를 열렬히 사랑했다……. 거기다 작품 또한 더할 나위 없이 훌륭한데 더 말해 무엇하랴! 광고는 겉표지에 빨간 띠를 두르는 것만으로 충분했다.『지옥의 사람들』을 재미있게 읽으셨나요? 그렇다면 십대 소녀가 쓴 새로운 걸작품을 구하기 위해 서둘러야 할 겁니다.

알리시아가 꿈꿔 왔던 거였다. 그녀에겐 그럴 권리가 있었다.

알리시아는 자신한다. 그녀는 알고 있었다, 베릴 마시노가 이 소설을 다른 출판사에게 가만히 빼앗기지 않을 거라는 걸. 베릴 마시노는 알리시아의 잠재력을 느꼈다. 그건 확실했다. 왜냐하면,『잘못된 선택』의 원고를 받고 나서 이틀 후에 어린 작가와 통화를 했기 때문이다. 만일 베릴 마시노가 출판을 거부한다면, 알리시아는 미련 없이 다른 출판사에다 출판을 제안할 터였다. 어느 출판사를 통하든 그 책은 반드시 출판될 거라는 걸 편집장은 확신하고 있었다. 아직은 무명이나 탁월한 작가인 알리시아의 원고는 알리시아 라바르라는 본명으로 어디서든 반드시 받아들여질 것이다.

알리시아는 많은 것에 대해 의심을 품지만, 자신의 재능에 대해서만은 그렇지 않다.

40.

올여름이 시작될 무렵, 알리시아와 클레망스는 솔베즈의 집에서 다시 만난다. 작년에 두 아이와 같은 반이었던 솔베즈가 1년 전에 2학년 2반이었던 친구들을 모두 초청한 것이다. 솔베즈는 아주 큰 파티를 열고 싶어 했다. 심지어 초청장에 이렇게 덧붙이기까지 했다. '친구들도 데리고 올 것!'

그래서 혼자 가길 싫어하는 알리시아를 위해 클로비스가 동행한다.

그전에 알리시아의 『잘못된 선택』이 며칠 전 서점에 들어왔다는 걸 말해야겠다. 사람들이 바캉스 때 휴가지에서 읽겠다고 산 그 책이 올여름 베스트셀러가 될 거라는 소문이 이미 출판계에 쫙 퍼졌다고 한다. 바로 오늘 아침에 베릴 마시노가 메시지로 알리시아에게 알려 준 소식이다.

알리시아가 클레망스의 생각을 편집장에게 제안했다.

"『지옥의 사람들』의 문고판 출간을 위해 제가 '보너스 장'을 쓰면 어떻겠어요? 두 번째 결말이라고 해도 좋고, 그 책의 결론에 집어넣는 작은 소설이라고 해도 좋아요. 그러면 편집장님은 그 책표지에 우리 둘의 이름을 나란히 적을 수 있을 거예요. 미르티유의 이름과 내 이름을요."

타협을 허용하기 위해 이런 묘안을 생각해 낸 건 클레망스였다. 그 제안대로라면, 베릴 마시노는 두 친구를 위해 완전히 새로운 계약서를 고심하여 작성할 수 있을 것이다. 그러면 알리시아도 문고판 수입에서 큰 퍼센티지를 받을 수 있다. 자신이 쓴 책에 알리시아의 이름이 나와야 하는 건 당연하다, 안 그런가?

"만일 미르티유…… 그러니까 클레망스만 동의하면, 고려해 볼 만하네요."

편집장이 대답했다.

"그걸 제안한 게 클레망스인걸요!"

"그렇다면 그렇게 해 봅시다!"

알리시아는 솔베즈의 집에서 클레망스를 만났다. 이전의 그 친밀함과 함께.

알리시아는 클레망스를 사람으로서 좋아한다. 책? 책이야 또 쓰면 된다, 하지만 친구는 쉽게 다른 친구로 대체될 수 없는 법이다.

클레망스가 죄를 고백한 이후로 두 친구는 여러 차례 만났다. 학교 밖에서, 얼굴과 얼굴을 마주하고서. 두 소녀는 다른 사람들의 시선을 멀리한 채, 서로의 이야기를 나누기 위한 시간이 필요했다. 서로의 마음을 다시 얻기 위해, 과거로 돌아가기 위해, 과거를 잘 소화할 목적으로 과거를 분석하기 위해 시간이 필요했다. 그러는 동안 서로의 고통이 조금씩 진정되어 갔다. 그러다 결국 사라졌다.

두 사람은 학교에선 서로 고갯짓으로만, 미소로만 신호를 보낸다. 그게 전부다. 그러곤 각자 자기 반 친구들과 지낸다. 두 소녀는 사람들이 있을 때는 말을 잘 섞지 않는다.

특히 클로비스가 그걸 원치 않는다.

그는 알리시아와 클레망스가 다시 이야기를 나누는 것엔 반대하지 않는다. 하지만 그는 두 소녀가 너무 빠르게 화해하고 있다는 인상을 받는다. 마치 그토록 심각한 일이 언제 있었냐는 듯이. 마치 테이블 위를 행주로 싹 닦아 없애 버린 듯이. 그런 배신의 사건이 있었던 후에도! 클로비스는 그 점을 이해하기가 어렵다. 받아들이긴 더욱 어렵다. 그래서 계속 불신한다. 알리시아가 그에게 분명하게 말을 해 주었는데도.

"그 애가 변했다고 했잖아. 그 애는 깨달았어. 자기 잘못에서 교훈을 얻었단 말이야. 다시는 그런 비열한 짓을 하지 않을 거야! 약속했어. 맹세했다니까!"

그렇다, 모든 건 그가 믿고 있는 것처럼 그렇게 단순하지 않다. 멀리서 보면, 모든 게 이전으로 돌아간 것처럼 보일 수도 있을 것이다. 하지만 틀렸다. 알리시아는 클레망스에게 이전처럼 완전한 신뢰를 주진 않았다. 그리고 클레망스는 자기가 계란 위를 걷듯이 조심해야 한다는 걸 알고 있다. 두 친구는 이전으로 돌아간 척하고 있었고, 함께 있을 땐 경쾌한 척하며 갈등을 피했다. 하지만 두 사람 모두 마음에 깊은 흔적이 남아 있었다. 수요일 오후의 글쓰기는 다시 시작되지 않았다. 클레망스가 먼저 핑계를 찾아서 알리시아에게 말했다.

"넌 글 쓰는 데 내가 필요하지 않잖아. 혼자서도 충분한 재능을 갖고 있으니까. 심지어 넌 두 사람 몫의 재능을 갖고 있어."

알리시아도 클레망스의 말을 듣고 안심했다. 그녀는 글쓰기 문제에 있어서만큼은 클레망스와 함께 있는 게 편하지 않다. 그래서 되도록 글 쓰는 일에 대해선 말을 하지 않는다. 하지만 서로 딱붙어서 지냈던 7년은 포기가 되지 않았다. 알리시아 인생의 절반인 시간이다! 그 우정을 단번에 빗자루로 싹 쓸어 버린다는 건, 우정과 관련된 모든 아름다운 추억을 무효화시키는 걸 의미한다. 알리시아는 그렇게 되길 원치 않는다. 그녀는 엄마의 죽음이 가져다 준 실의에서 자기를 일으켜 세워 준 사람이 클레망스라는 걸 잊지 않는다. 클레망스의 견고한 지지가 없었다면, 그녀는 아마 무너지고 말았을 것이다. 지금 클레망스를 부정하는 건, 엄마의 죽음을 또 한 번 보는 것과 같을 것이다. 아마도 그건 바보 같은 생각일 테지만, 그러나 그게 바로 알리시아가 느끼는 기분이다.

알리시아는 클로비스가 옆에 있을 때는 클레망스에게 다가가지 않는다. 그녀는 다시 태어난 우정에 대해 클로비스가 우호적이지 않다는 걸 알고 있다. 그래서 그녀는 클레망스에 관한 비난이나 적대적 표현을 듣지 않으려고, 수업이 끝난 뒤에 밖에서 단둘이 만나는 걸 좋아한다. 예를 들면 클로비스가 농구 훈련을 하러 갔을 때라든지.

하지만 솔베즈네 집에서는 선택의 여지가 없다. 클레망스도 초대받았기에 당연히 거기 와 있는데, 알리시아는 그런 그 애를 못 본 척할 수가 없다. 그래서 이번이 클로비스에게 '공식적으로' 친구를 소개할 기회라고 생각한다. 클레망스에게 클로비스를 소개할 기회이기도 하고.

"그럴 필요 뭐 있어, 벌써 그 애를 알고 있는데."

클로비스가 싫은 내색을 한다.

"그렇지만 서로 말해 본 적은 없잖아. 그저 멀리서 보기만 했을 뿐이지."

"그건 그래. 우린 서로를 몰라."

클레망스가 다가오면서 애교 있게 말한다.

농구 선수는 얼떨결에 그녀에게 몸을 굽히고, 두 볼에 살며시 입을 맞춰 인사한다.

'이 남자애, 정말 근사하다!'

클레망스는 생각한다.

여름이 시작할 무렵 클로비스는 더욱 매력적이다. 검게 그은 피부, 시원한 미소, 클로비스는 정말 멋지다. 클레망스는 오후 내내 그를 관찰하며 보낸다. 그에게서 시선을 뗄 수 없다.

클로비스는 두 소녀가 테라스에 앉을 수 있게 의자를 찾으러 가기도 하고, 자기 집도 아닌데 눈에 띄는 이러저러한 일을 도우면서 언제라도 서비스할 준비가 되어 있다. 더욱이 알리시아에게 얼마나 상냥하고 친절한지!

'와! 정말 멋진 애야!'

클레망스가 꿈꾸던 남자 친구가 바로 그런 남자였다. 저런 진주 같은 남자를 만나다니 알리시아는 정말 운도 좋다! 멋지다, 사랑스럽다, 남을 잘 도와준다, 무엇보다도 알리시아에게 세심하게 주의를 기울여 준다. 한 마디로 완벽하다. 그렇다, 새 작품과 멋진 남자 친구를 둔 알리시아는 정말 복도 많다!

만일 클레망스가 알리시아와 모르는 사이였다면, 어떻게든 클로비스와 가까워지고 싶었을 거다.

하지만 알리시아는 친구다. 그것도 아주 친한 친구.

친구에겐 그런 짓을 하는 게 아니다! 절대로!

클레망스는 클로비스에게 추파를 던지지 않을 것이다. 그러나 그는 바라볼수록 그녀의 이상형을 닮았다……. 어쨌든 그녀는 그를 유혹하지 않을 것이다! 저얼대로!

친구의 남자 친구를 빼앗는 것, 그건 절대로 일어나선 안 될 일이다, 안 그런가? 그녀는 알리시아에게 그런 더러운 짓을 하지 않을 것이다! 클레망스는 스스로에게 다짐하고, 약속하고, 맹세한다!

옮긴이의 말

여기, 글쓰기를 아주아주 좋아하는 프랑스의 아동문학 작가가 있습니다(흠! 하기야 글쓰기 싫어하는 작가가 있을 리 없겠지만……). 아무튼, 어찌나 글쓰기를 좋아하는지, 이 다작의 작가는 1993년부터 지금까지 무려 250편 이상의 이야기를 출판했습니다(잡지와 언론에 실린 글까지 합쳐서). 그리고 열세 살부터 주말을 친구와 함께 소설을 쓰는 데 보냈다고 해요, 굉장하죠? 네, 바로 이 소설의 작가, 엘자 드베르누아의 이야기랍니다(책의 원제는 『우리는 성공이 주는 위험으로부터 안전하지 않다』예요). 9개월의 유아들을 위한 책에서부터 십 대 초반의 청소년을 위한 소설까지 쓰고 있는 엘자 드베르누아가 들려주는 이야기는 늘 부드럽고 따뜻하고 유머가 넘친다는 평을 받고 있습니다.

이 책에 등장하는 열세 살의 두 소녀 알리시아와 클레망스가 학교 수업이 없는 수요일마다 함께 소설을 쓰며 시간을 보내는 모습에서 작가의 십 대 시절이 엿보이네요. 하지만 소설 속의 알리시아가 열세 살에 베스트셀러를 써낸 데 비해, 엘자 드베르누아는 늦은 나이에 들어서야 책을 쓰기 시작했어요. 글쓰기에 특별한 취미를 갖고 있었음에도 이공계로 진학했던 건, 알리시아의 아빠처럼 지하실에서 뚝딱거리며 발명하기를 좋아하는 가정에서 자란 덕분이었다고 해요. 하지만 고대 그리스 유적과 어원 연구에 열정적인 관심을 가졌던 데다가 체육 수업도 무척 좋아해서, 그리스에서 무용 교사가 될 생각도 진지하게 했다고 합니다. 와우, 정말 다방면에 흥미와 재능을 가진 열정적인 여성입니다. 그래서인지 그녀는 대학을 졸업한 후에 다양한 직업을 시도해 보다가, 비교적 늦은 나이에 작가의 길에 들어섰습니다. 그것도 아주 우연히……. 조카들과 아기들을 돌보다가 문득 자신에게 아동문학에 대한 소명이 있다는 걸 발견하게 되었다는 거예요. 그렇게 시작된 글쓰기는 2000년에 브라이브 앨범상을, 그리고 2015년에는 미셸 투르니에 상을 안겨 주었습니다. 그리고 지금은 소설뿐 아니라 연극과 영화 대본 등 다른 방식의 글쓰기에도 관심이 많다고 해요. 그러나 작가가 무엇보다도 즐거워하는 건, 초중고 학생들을 대상으로 글쓰기 워크숍을 이끄는 것이라고 하네요. 학생들이 스스로 글을 쓰고 그림도 그려 한 권의 책을 만들어 보게 하는 일이 즐겁다면서요.

어딜 가든 항상 연필과 메모지를 들고 다니면서 주변 사람들을 관찰하거나 신문을 샅샅이 훑길 좋아하는 엘자 드베르누아는 각 연령대에 필요한 주제를 섬세하게 다루는 작가입니다. 그렇다면 열세 살의 소녀들에게 필요한 주제는 뭐라고 생각했을까요? 이 책에선 '우정'과 '성공을 향한 꿈'의 주제를 다뤘습니다.

이 소설을 통해 작가는 우리에게 이렇게 묻는 듯합니다. 어느 날 길을 가다가 성공을 보장해 주는 열쇠가 툭 발에 걸렸다고 합시다, 자, 당신이라면 어떻게 하시겠어요? 열쇠 주인을 찾아 줘야 한다는 생각부터 할 수 있겠습니까? 아니면 아무도 본 사람이 없으니 내 것인 양 슬며시 갖겠습니까? 만일 친구가 먼저 주웠다면, 증인이 없으니 내가 주웠다고 우기면서 빼앗으시겠습니까?

작가는 말합니다. 설령 당신의 머리는 '안 돼'라고 했을지 몰라도, 어쩌면 당신의 손은 벌써 그 열쇠를 당신의 호주머니에 슬쩍 집어넣었을 수도 있다고. 인간의 마음 깊은 곳엔 누구나 그런 욕망이 존재한다고. 하지만 그건 알리시아가 쓴 두 번째 책의 제목처럼 분명히『잘못된 선택』이라고……. 그래서 한 번의 잘못된 선택으로 그 열쇠보다 더 중요한 것을 잃고, 『지옥의 사람들』처럼 살게 될 수도 있다고……. 아, 『지옥의 사람들』은 이 소설에 등장하는 바로 그 베스트셀러의 제목이기도 하지요.

열세 살. 작가의 말대로 우정과 꿈이 중요한 시기입니다. 이 소설은 찬란한 인생을 만들어 줄 '베스트셀러'를 쓰고 싶었던 두 소녀의 이야기예요. 그저 단짝 친구를 깜짝 놀라게 해 주고 싶었을 뿐인 알리시아의 계획은, 오, 이런! 두 친구 모두에게 예기치 못한 상처를 몰고 와 버렸습니다. 우정과 꿈으로 충만했으나, 인간의 무서운 욕망과 맞설 준비는 전혀 되어 있지 않았던 두 소녀! 이들은 이제껏 경험해 보지 못한 무섭고 고통스러운 감정의 소용돌이 속에 한순간에 내던져지고 맙니다. 질투, 거짓, 죄책감, 두려움, 절망감, 상실감, 증오, 분노, 복수, 배신감, 외로움, 억울함, 후회, 불안……. 작가는 열세 살 소녀들에게 찾아온 이 다양한 부정적 감정들을 하나하나 그려내면서 감정의 변화 과정을 흥미진진하게 보여줍니다. 아주 탁월하게! 그리고 인생에는 잘못된 선택이 있는 것과 마찬가지로, 그것을 바로잡을 수 있는 회복의 기회가 있다는 것도 이야기하지요. 깨진 우정으로 인한 상처가 또 다른 새로운 우정을 통해 치유되고, 증오를 떨치려는 내면의 싸움이 결국엔 '정당한 권리를 되찾겠다는 의욕'을 불러일으켜 새로운 글쓰기에 도전하게 되고……. 그래서 두 소녀를 흔들어 놓았던 부정적인 감정들은 차츰 공감과 이해, 화해, 용서, 새로운 각오가 주는 희망, 보상에 의한 만족감, 용서하고 용서 받았을 때의 평안함 등등의 아름다운 감정을 경험하는 통로로 사용됩니다. 그 실수, 그 부정적 감정이 없었다면 긍정적 감정이 이토록 소중한 것인 줄 미처 몰랐을 테니까요. 그 아프고 당황스러웠던 과정을 통해 단짝 친구들은 점차 성숙을 향해 나아갑니다. 클레망스의 말처럼 그야말로 "인생의 한 페이지를 넘기"게 되는 것이지요.

십 대의 시기가 '미성숙으로 인한 실수'를 이해 받을 수 있어서 소중한 시간이라면, 어른의 시간은 실수를 해 봤기에 '회복할 기회가 있음'을 말해 줄 수 있어서 소중한 시간일 거예요. 분노로 가득했던 알리시아에게 "학생의 분노를 이해해요. 하지만 학생의 방식을 고집하면, 학생 친구의 삶은 완전히 망가지는 거예요."하고 말해 준 출판사 편집장 처럼요. 쉽지 않았지만, 알리시아는 결국 편집장의 조언을 귀담아듣 습니다. 새로운 우정으로 다가온 클로비스의 도움을 받아서요. 되찾 은 우정과 되찾은 재능, 되찾은 권리……. 감수성이 예민하고, 우정이 무엇보다 소중하고, 꿈이 많은 시간. 그런 시간대를 살아가고 있는 소 년 소녀들에게 작가는 한 눈을 찡긋하며 말해 줍니다. 한때 잃었다가, 자신과의 싸움을 이겨 내고 되찾은 것들은 이전 것보다 더욱 아름답 고 값지고 소중하다고요. 그런 시간을 이미 오래전에 지나온 저 같은 어른들은 그런 작가에게 역시 한 눈을 찡긋하며 맞장구를 치고 싶습 니다. 인생은 아픔과 회복, 절망과 도전, 분노와 용서가 함께 있어서 더 멋진 거라고…….

아, 정말이지 세상의 모든 십대를 축복하고픈 마음이 절로 들게 만 드는 더없이 사랑스러운 책입니다.

김주경

우리의 베스트셀러

지은이 | 엘자 드베르누아
옮긴이 | 김주경
초판 1쇄 발행 | 2022년 6월 24일
    3쇄 발행 | 2023년 9월 20일
펴낸이 | 최윤정
만든이 | 유수진 전다은
펴낸곳 | 바람의아이들
디자인 | 이아진
등록 | 2003년 7월 11일 (제312-2003-38호)
주소 | 서울특별시 종로구 필운대로 116 (신교동) 신우빌딩 501호
전화 | (02) 3142-0495 팩스 | (02) 3142-0494
이메일 | barambooks@daum.net
제조국 | 한국
구독연령 | 11세 이상

www.barambooks.net

ISBN 979-11-6210-181-0 44800
ISBN 978-89-90878-04-5 (세트)

On n'est pas à l'abri du succès
By Elsa Devernois
© 2021, l'école des loisirs, Paris
All rihgts reserved. Korean Translation Copyright © 2022 by Baram books.
Korean translation edition is published by arrangement with l'école des loisirs